徳間文庫

奏弾室

仁木英之

徳間書店

Contents

Illustration：ao
Design：AFTERGLOW

第一話

主よ、人の望みの喜びよ

※

物悲しい静けさに満ちた調べが懐かしい。この曲を数カ月、何時間も聞かされた時期があった。家族三人で暮らしていた頃の楽しい記憶だ。

誰もいないはずの家の鍵を開けようとして、中からピアノの音が漏れていることに気付いた。用心しつつ鍵を開けて靴を確かめ、ほっと胸を撫で下ろす。もう随分と長い間一人で暮らしていた。家の中はできるだけ清潔に保とうと心がけてきたが、娘が一人立ちしてからは掃除も怠けがちになっている。

その娘に荒れた部屋を見られるのは恥ずかしかったが、玄関を開けてすぐに、掃除されてあることに気付いた。玄関先に小さな花を飾るところなど、亡くなった妻にそっくりだ。

リビングにはアップライトピアノが置かれ、その前に娘の直子が座り、軽やかに指を走らせている。

「来てたんだな」

「お父さん、調律全然してないでしょ。家も汚れてるしさ」

第一声がそれだった。男一人のやもめ暮らしで、演奏する者もいない。妻が死んで娘が進学のために家を出てから、もうずっと調律などしていなかった。掃除もろくにしないのに、ピアノに気が回るはずもなかった。

「帰って来る時は連絡しろって言っただろ」

食卓には娘の作った心づくしの夕食が並べられてある。

「いきなり来た方が喜ぶかと思って」

「お前が来るならもっと早く帰ってきたのに」

「お父さん、前もって約束してもすぐ破るもん」

「またそれを言う。あの時は」

「言い訳聞きたくないな」

と憎々しく言ってにこりと笑う。こういう時の表情は妻にそっくりだった。

「もう二十八なんだから、そういう物言いは止めなさい」

それからしばらく、互いの動静を交換した。だが、どこかいつもと様子が違う。普段は頻繁に連絡を取るわけではないが、顔を合わせれば割とあけすけに何でも言い合う。

「どうした？」

実は、と切り出された言葉はある程度予想していた。こうして料理を作って待っているのは、大抵何か言いづらいことや頼みがある時だ。そしてやはり、予想通りの話だった。

「おめでとう」

結婚話があってもおかしくない年頃だし、一人暮らしがつらいわけでもない。それでも、衝撃がなかったといえば嘘になる。

「そんな落ち込まないでよ」

「落ち込むわけないだろ」

「そうだよね。仕事人間のお父さんだもの。ずっと娘との約束よりも仕事を優先してきたんだから、娘の結婚なんかショックじゃないよね」

「その言い方はないだろ？」

べ、と舌を出す。私は苦笑するしかなかった。言い方は憎たらしいが、確かにその通りなのだ。仕事を言い訳に、娘との約束をいくつも破ってきた。参観日も運動会も、海水浴もスキーも何度もなかったことにした。

「娘の結婚、祝う気はある？」

「当たり前だろ」

「じゃあ約束して」

「何でも約束する。今度は絶対に破らない」

「言ったね？」

直子が取り出したのは一冊の楽譜であった。それを私の胸に押し付けてくる。

「もしかして、これ弾けっていうのか？」

「そう。新婦父による娘へのお祝い」

「勘弁してくれよ。他のことならいくらでもするからさ」

「お願い。お父さん、私が子供の頃約束したんだよ。私がお嫁さんになる時は、何でも好きな曲を弾いてあげるからって」

その言葉と視線はあまりに真剣だった。直子には幼い頃からピアノ教室に通わせていたが、彼自身は昔ほんの少し習ったことがあるくらいだ。稽古を嫌がる娘を宥めようとそんなことを言ったかもしれないが、憶えがなかった。

「直子がそこまで言うなら」

よかった、と嬉しそうな笑みを浮かべた直子が、また真剣な表情に戻った。

「あとさ……もう一つ、お父さんに言っておかなきゃならないことがあるんだ」

その声は先ほどとは違い、どこか儚げだった。

一

闇の中にグランドピアノが置かれている。ピアノの大屋根が開かれ、大きく口を開けて待ち受けているように見えて、彼は怯えた。振り返ると、親と先生が冷たい笑みを浮かべている。失敗してその理由を何度も言わされ、完璧に弾きこなすまで許されない。上手く弾けば楽しくなる、という教えは全く心に響かないままだ。彼がピアノに背を向けると後ろで歪な音が響く。その音が全身を包み、彼から音を奪い去る。悲鳴を上げて飛び起きると、小さな鐘の音が耳元でした。

長い午睡をしていた、と思って時計を見たらほんの十分ほどのことだった。

「なんでこんな所で……」

体を起こすと夏の街が眼下に広がっている。

からりと気持ちの良い風が山から吹き下ろしてきて、緑の枝が舞うのが見える。揺れる木々の向こうでは夏の青空が大きくなったり小さくなったりしている。街を見下ろすなだらかな里山。谷津塚山の公園のベンチで昼寝していた。

ひと際強い風が吹いて木立が騒いだ。秋葉佑介はただじっとその様子を見ていた。夏休みはこんなに長いのか、と驚いていた。去年まではそうではなかった。サークルの夏合宿もあれば、友だちや恋人との旅行もあった。ゼミの教授が連れて行ってくれる学会もあった。

今年は何もない。何もかもなくしてしまった。ぼんやりしつつ玄関のドアを開けると、姉の由乃が驚いた顔で出迎えた。

「佑介、どうしたの？」

「山で寝てたよ」

「そう……。おかえり」

由乃は何かを確かめるように弟の肩に触れた。

「何かついてる？」

秋葉佑介は大きく伸びをした。

「山って、どこの山？」

「谷津塚山の公園」

「ああ……そうなんだ」

姉の由乃の長い髪にはわずかにウェーブがかかり、色も少し明るい。だが、美容院などで手を入れたわけではなく生まれつきのものである。顔つきも佑介とは違って華があるので、良くも悪くも目立つ存在だった。

「その……気分はどう？」

「変わらないよ」

由乃はリビングのテーブルの周りに散らばった紙を集め、背中に隠した。

「休学届はお姉ちゃんが出しておこうか」

「自分で出せるよ。大学生なんだから」

「もうすぐ後期が始まるから、その前に郵送しないと……」

うるさいなあ、と佑介は顔を背けた。今年度が始まって間もなく、彼は体調を崩した。長く入院する必要のある悪質な肺炎で、ようやく退院できたと思ったら前期が終わっていた。

「あれ？　佑介が手に持ってるの、楽譜じゃないの……」

気付くと、古い楽譜の本を握りしめている。表紙には『ラ・カンパネッラ』と記されていた。佑介は慌ててテーブルの上にそれを放り投げた。

「いいんじゃない。いい気分転換になるよ」

「たまたま出てただけだから、ほっといて」

「そういえば何年も調律してないなぁ。佑介が弾くなら調律師さん呼ぼうかな」

「してもしなくてもどうせ弾かないから一緒だよ。もういいから出てってくれる？」

姉は一つため息をついて出ていこうとしたが、扉のところで足を止めた。

「その楽譜、私に貸して」

「どうして」

「もう一度弾いてみようかな」

「止めろよ！」

佑介は思わず声を荒らげていた。

「……ごめん」

「いいよ。私も軽々しく口にするべきじゃなかった」

由乃はそっと扉を閉めて出ていった。姉の横顔には悲しみが浮かんでいた。佑介は
姉がまとめてくれた書類と、そして楽譜の本を持って自室に戻り、机の中に突っ込も

うと引き出しを開く。申し訳ないな、と思いつつも後を追って謝ることができなかった。体調を崩してから身の回りの世話をしてくれたのは、由乃だった。

引き出しの中には、裏返された写真立てがある。板が割れて、脚も汚れている。表に向けると、賞状を持った佑介が、舞台に置かれた大きなピアノの前で家族と共に写っている。しばらく見た後、上から隠すように紙の束を載せた。

部屋のカレンダーを見ると五月だが、賑やかな蟬の声が夏を告げている。この三カ月、ただ寝て起きてを繰り返すだけの生き物になっていた。蟬の声に混じって、別の音色が聞こえてくる。鍵盤を押すとハンマーが上がり、弦を叩いて耳に心地よい音を放つ。

たどたどしくて、曲名すらもはっきりわからない。記憶に残っている基礎の練習曲のどれかに似ているような気もしたが、頭がそれ以上思い出すことを拒否した。

立ち上がって服を着替える。下では姉が掃除機をかけている音がしている。階下に降りて仏壇の前に座る。父と母が笑顔で写っている写真に手を合わせた。仏壇の横に床の間があり、姉が生けたらしい芍薬が小ぢんまりと飾られている。

畳敷きの仏間にはそぐわない、巨大な物体が仏壇と対角線にあたる位置に置かれている。色が少し褪せた臙脂色の厚いフェルト生地の布に全体が覆われているのは、アップライトピアノだ。佑介はちらりと見ただけで、玄関へと向かった。

「また出かけるの？」

姉の声に驚きが含まれているのがわかる。驚きと共に、怯えのようなものも感じ取れる。音の良し悪しはわからないのに、声に含まれている思いは気味が悪いほどに感じとれてしまう。

「ちょっと散歩してくる」

「帰ってきたばかりなのに。日射しが強いから帽子を……」

「子供じゃないんだって」

「……そうね。あまり遅くならないうちに帰ってくるのよ」

由乃は心配そうに佑介を送り出した。一歩外に出てみると、何カ月もの間病院と家に閉じこもっていた時間が嘘のように思える。

東京郊外の谷津塚というベッドタウンに佑介の家はある。昭和も終わる頃に造成された私鉄沿線の住宅地で、丘陵を切り拓いて延々と宅地が続いている。家々には小さいながらも庭があり、庭木に蟬がとまって賑やかに夏を謳歌している。

街の西側には、谷津塚山という里山があり、濃い緑に覆われている。幼い頃はそこが遊び場だったが、習い事が増えて、自身も外遊びに興味を失ってからは行くこともなくなっていた。

大規模な霊園が山裾にでき、そのすぐ下に市民公園が造られていた。霊園を造る際には住民と開発会社の間でかなり揉めたという。

谷津塚山には昔から遊歩道があり、頂上までの道のりは子供たちにとってのちょっとした冒険だった。記憶をたどりながら道を歩いているうちに、いつしか公園を過ぎ、霊園の入口近くまで来ていた。

灰色や黒の墓石が太陽に照らされて、霊園全体が白く光っている。霊園を取り囲むように無数に向日葵が植えられていて、その鮮やかさと墓石の乾いた暗さが、奇妙なコントラストを作り上げていた。

かつての遊歩道は途中まで霊園に取り込まれているように見えたが、霊園をかすめるようにして山の中へと延びている。

佑介は不意に足を止めた。道が伸びている木立の向こうから、何か物音が聞こえたのである。霊園にはごく一般的な、仏教式の墓標が立ち並んでいる。陽炎が揺らめくほどに熱い光が、幻を奏でているのかと恐ろしくなった。

辺りを見回しても人影はない。彼岸と盆の狭間の時期のせいか、閑散として人影はない。だが微かに、音が聞こえてくる。霊園には管理人はおらず、水桶などが置かれた小屋があるばかりだ。

「ピアノの音だ……」

佑介は来た道を振り返った。公園の下は拓けて宅地が延々と続いている、視線を戻すと、霊園の向こうに続く薄暗い雑木林が目に入った。そこには蟬しぐれの帳が下りているが、ピアノの音はどうやらそちらから聞こえているようであった。

幽霊が出るには明るすぎる時間だ。眩いほどの光と暑さが、佑介の恐れを脇に押しやった。

幼い頃の記憶では、この先に人家はないはずだ。ないはずなのに、音に引き寄せられるように歩き出していた。首筋にびっしょり汗をかいているのは、暑さのせいだけではなかった。

何度も足を止め、音の源を確かめる。霊園の端まで来ると、ピアノの音が止んだ。どこかで聞いたことがある気がするのに、わからない。

佑介は音というものがわからない。

音が鳴っているのはわかる。でも、音が正しい音階を踏んでいるかどうかはわからない。ピアノを習っているうちに、音が病的にわからないことを責められ、ますますわからなくなった。今では音に関わることを避けて生きている。

音の正誤も美醜もわからないというのに、呼ばれているような気がした。山にいる怪異が佑介を呼んでいる。このまま元の道を帰れば、何もなかったことにできる。まだ引き返せる、と心のどこかが警告しているのに足が止まらなかった。

霊園を抜け、雑木林に入ってしばらくしたところで、音が止んだ。

「どうして止めるんだろう……」

佑介は思わず呟いていた。汗は顎を伝って滴り、手でぬぐうとべっとりと濡れている。佑介はいつしか、その音を求めていた。

霊園から山への入口で、一度道は途切れていた。だが、整然と区画された霊園の道のいくつかは、外へと繋がっている。そのほとんどがすぐに藪の中へ消えているが、一本だけ、先へと続いている道があった。樹影のひときわ濃い山裾への道だが、踏み跡はしっかりとついている。最近人が歩いたような気配もあった。その道を佑介はたどっている。

道は山の奥へと入っていく。

麓から見れば低い里山なのに、分け入ってみると山は深く、そして険しい。木立に日射しが遮られて、道はいつしか暗くなっていた。さすがに怖くなって引き返そうとすると、またピアノの音が聞こえだす。今度は近くで、力強い旋律が聞こえてきた。どこかで聞いたことがあるような気もするが、音のわからない佑介には曲名が思い出せない。今度は音を失わないように、早足で歩く。

道の両側から枝が出ていて手が触れた。痛みが走って目をやると、切り傷ができていた。思わず立ち止まりそうになるが、今は音の源を突き止めたかった。

いつしか山の稜線近くまで登っていた。木立は深いが、その向こうに尾根筋があるのが見える。幼い頃の記憶にも、この辺りの風景は残っていない。耳を澄ますと、ピアノの音色がはっきりと聞こえてきた。

三連符が何度も続き、抑揚を伴って繰り返される。目を閉じて音を頭の中に記号として置こうと試みた。こうしないと、音がどこにあるかわからないのだ。子供の頃習わされていたピアノ教室で、懸命に身に付けた技だ。そうしないと叱られる。それが嫌で、音の世界を記号にして丸飲みしようとして、全部吐き出した。

しばらくやっていなかったせいか、うまくいかない。

やはり音がわからない。

もう数え切れないほどに確かめた事実を突きつけられたように、気分が悪くなった。音楽から遠ざかっていれば、音がわかる必要なんてなかった。自分の声の調子ですらわからないから、変な話し方だとからかわれることもある。でも、無口な人間だと背を向けていればそれでよかった。大学でついにそういうわけにいかなくなり、佑介は耐えきれなくなってしまった。

目を開ける。

ひやりとするほど、強く冷たい目がこちらを見ていた。百七十センチの佑介とほとんど目の高さが変わらない。耳にかかった短い髪が、山から吹き下ろしてきた風に舞う。

「どちらさま？」

「え……その。ピアノが聞こえて、つい……」

「聴(き)こえたのね」

もごもごと答える彼に、彼女は低い声で呟いた。

「え？」

「ついてきて」

こちらの返事も聞かず、彼女は背中を向けた。

二

　女性の進むその先に、一軒の古い洋館が建っている。壁には白いペンキが塗られていた形跡はあるが、それもかなり剝げ落ちている。

「こんな所に……」

「何もないと思ってた？」

低く掠れた声だ。いわゆるハスキーボイスというやつだ。

「何もないと思ってました。小さい頃はこの山でよく遊んでいたものですが」

「そうでしょうね」

　自分のことを知っているのかな、と佑介は驚いた。だが、

「霊園ができる前は、このあたりの少し活発な子は山に来て遊んでいたものよ」

と洋館の扉を開けつつ言う。建物は古さは隠せないが、中は美しく整えられていた。

靴を脱ごうとすると、止められた。

「裸足でも構わないんだけど、一応靴を履いたままの文化圏の建物だから」

「寝る時もですか」

「寝る時は脱ぐよ。……変なこと訊くのね」

おかしそうに言われたので佑介は恥ずかしくなった。ふわりと彼女の香りが漂ってきた。ただ甘いだけではなく、どこかぴりりと背筋が伸びるような冷たさを伴った香りだった。

日光が天窓から入ってくるだけなので、館の中は随分と暗く感じられた。彼女はもう玄関ホールの半ばまで進んでいるのに、佑介は扉を抜けられずにいた。

「あら」

彼女は目を細め微かな笑みを浮かべた。

「お墓の向こうにある不気味な洋館にいる得体の知れない女性。ピアノの調べに誘われて館を訪れた青年を襲う怪異とは一体……」

そこまで言って、ぷっと笑って手を口に当てた。

不意に周囲の気配が変わった。暗く見えていた洋館の隅々にぱっと光が散り、陰鬱に見えていたのは佑介がこの初めての場所に恐れを抱いていただけだと教えてくれている。思わず足を進めていた。

「いらっしゃい」

「あの、ここは……」

「表の看板、見なかった？　扉の横にちゃんとわかるように付けてあるわよ」

扉から顔を出して確かめてみる。


『奏弾室』


錆の浮いた金属製のプレートにはそう刻まれ、壁に嵌め込まれていた。

「そう、だん、しつ……。音楽教室か何かですか」

「その音楽教室か何かよ」

大真面目に言って、また笑みを浮かべる。表情を消している時は驚くほど冷たい印象があるのに、笑うと甘さを感じさせるほどの可愛らしさがあった。

「あなたは？」

最初、何を訊かれているのかわからなかった。

「習いに来たの？」

「習いにって、ピアノですか」

「ピアノの音をたどってここに来たんでしょう？　うちはクラシックもポップスも教えるし、基礎はもちろん、コンクールを目指す本格派まで誰でも引き受けるのが売りよ。ちょうどこれから一人生徒さんがいらっしゃるから、見学していったら？」

「い、いいです」

佑介は思わず後ずさりした。ピアノをまた習うなんて、あり得ないことだ。

「私のピアノはちょっと不思議なの。どれだけ遠くに離れていても、必要としている人の耳に届く。でも、必要としていない人には届かない。蟬の声や風の音と共に、空へと消えていく……。あなたが来たことには意味がある」

強いまっすぐな視線がこちらを見ていた。思い出したくもない記憶が奔流のように頭の中に巡った。背中を向け、扉へと早足に歩く。

ふと、止めてくれないかな、と思った。

もしもう一押しされたらまたやるかもしれない。卑怯な考えだ。だが、声を掛けられることはなかった。佑介は自分にもその女性にも落胆して、洋館を出ようとした。

扉を開けると一人の男が立っていた。きっちりとしたスーツ姿でビジネスバッグを提げている。短く調えられた髪は半ば以上が白く、眉間に深いしわが刻まれている。佑介を見て、どこか戸惑ったような表情を浮かべた。

「時間、間違えてしまったかな……」

と時計を見る。

「いえ、僕が迷い込んだだけなんです」

「じゃあ君も、彼女のピアノが聞こえたんだね」

「聞こえた、というか散歩してたらたまたま風に乗って流れてきて……」

「そうか。私もそうだったよ。見学していくのかい？」

「いえ……」

「そうか。私がもう少しうまくなったら、聴いてもらいたいな。本番前のリハーサルとして」

にこりと笑って洋館の中に入っていく。扉は閉められて佑介は建物を見上げる。日射しの下で色褪せて所々塗料が剝げている壁も古めかしい。

やがて、二階の窓からピアノの音色が流れてきた。先ほどと同じ曲だ。でも、弾いている人が違う。音のわからない佑介にもそのたどたどしさは明らかだった。あの紳士がレッスンしているのだろう。

立ち去りかけて、何故か足が動かなかった。

先生であろうあの女性の音色には惹きつける力があったが、紳士の演奏が佑介の足を止めたのだ。きっと下手なのだろう、と思う。頭の中の五線譜に音符を乗せても、外していくのは明らかだった。

なのに気付くと、佑介は泣いていた。

三

長いレッスンだった。

昼下がりの太陽はいつしか傾きかけて空の色を変えている。コンクールに出るような生徒のレッスンでもなければ、二時間も個人レッスンをすることは少ない。

佑介も昔は長いレッスンを受けていた。

それは途方もない苦痛だった。鍵盤を押すと音がなる。楽譜通りに弾けば曲になる。偉人たちが遺した名曲は、その通りに弾けばそれなりに聴けるものになるはずだった。

「心が籠もっていない」

そう叱られ続けた。心なんてどうやって籠めればいいんだ。楽譜に記された指示の通りに弾くように細心の注意を払っているのに、心がないと言われ続けた。心がないと言われる人間にも心はある。中学生の時に出たコンクールで舞台上のピアノから逃げ出した。親に対しても初めて大暴れした末に佑介の心は折れ、以後ピアノに触れることはなくなった。

人のピアノを聴くのも苦痛だった。

店に入ってBGMで流れている音を聴くのも嫌になり、どのような音もノイズにしか聞こえず、風の音や道行く車の騒音と変わらなくなっていった。

なのに、今日は違う。

音の流れが聴覚を素通りするかわりに、おぼろげな何かが形をとろうとしている。揺らめく音から吹く風には、懐かしさを感じさせる香りが含まれていた。

ノイズだったはずの曲の良し悪しを感じている。涙が止まらない。音が暗く青い風を伴って通り過ぎていく。何が自分の中で起きているのかわからなくなって立ち上がる。今日はとことん奇妙なことが起きる日だ。

レッスンが終わったのか、ピアノの音が止んだ。腰を下ろしている玄関口に誰かが近付いて来る気配がした。後ろめたいことなど何もないのに、佑介は庭木の後ろに隠れてしまっていた。

かつては英国式の庭園だったようだが、建物と違って木々は荒れている。棘(とげ)に引っかかったのか、腕に痛みが走った。

洋館の扉が開いて、先ほどの紳士が道を下っていった。レッスンに集中していたのか、ぐったりと疲れてワイシャツにも汗が滲(にじ)んでいる。建物を見上げると、一つだけ窓が開いて白いカーテンが揺らめいている。

　そこに彼女がいるのかと様子を窺う（うかが）が、誰かが顔を出すというわけではない。おかしなことをしている、と後ろを向いた時、

「わ」

　と後ろから驚かされ、佑介は尻もちをついてしまった。

「そんなに驚くこと？」

　先ほどと違う、鮮やかなノースリーブに涼（すず）しげな七分のパンツがすらりとした脚を覆っていた。

「益田（ますだ）さんのレッスンは気合いが入るからね。二人とも汗だくになるのよ。今年はクーラーが壊（こわ）れて大変」

「クーラー、買わないんですか」

　関東の内陸部にある谷津塚市は真夏にもなると四十度近い酷暑（こくしょ）に襲われる。あまりに暑いので全国ニュースに名が出るほどで、ニュースの話題になるのはその程度という田舎街でもある。

「朝晩は涼しいの」

「まさか」

「住宅地は暑いでしょうけど、ここは山の中だから。……で、レッスンを見学じゃなくて盗み聞きしていた人の感想はどうかしら」

掠れはあるけど、艶（つや）のある声だった。

「ああそうだ、一応社会人だからこういう物も持ってるわよ」

そう言いながら、片手で名刺を突き出してきた。就職活動のセミナーとかで、ぜったいやってはいけないと最初に注意される出し方だ。

「『奏弾室』室長。松田沙良（まつださら）、さん……」

ぼんやりしていると、その目付きがきゅっと鋭（するど）くなった。

「名乗らないと名無しの不審者（ふしんしゃ）として記憶することになるわよ」

「秋葉佑介です。大学生です。家は谷津塚の……」

へどもどしながら自己紹介を始める彼の前に手のひらを向けて止めた。

「堂々と名乗れるならそれでいいわ。住所なんか聞いたって用があるわけでもないし」

沙良は手に持っていた水筒を差し出した。

「暑い中を歩いてきて、外にずっといたんでしょ?」

水筒を受け取ると、沙良の香りがすっと鼻先を通り抜けていった。礼を言って口に含んで、思わず吹き出しそうになった。

「あら、アイスコーヒー苦手だったかしら」

「い、いえ……」

実は非常に苦手である。二十歳を過ぎてもあの苦みと酸味に馴染めない。今時の大学生を気取ってカフェに入っても、甘いものを頼むことが多かった。だが、沙良の前では飲める男でありたいと思ってしまった。

「美味しいです。ありがとうございます」

しかめっ面になりそうなのを抑えて水筒を返す。

「コーヒーを一気飲みする人、初めて見た」

しまった、と思ったがもう遅い。

「それはともかく、何か感じた？　今日の生徒さんが弾いていた曲について」

「頑張って練習されているんだな、と……」

「それだけ？」

沙良は少し落胆したような表情になった。佑介は慌てて、下手だけど足が止まる音だった、と付け足した。

「他には？」

言うのは少し恥ずかしかったが、音から得た感覚と、涙が止まらなかったことも告白した。

「なるほど……」

じっと佑介を見つめていた沙良は、

「あなた、何か音楽を習っていたことがある？」

「昔ピアノを少々」

「上手い？　ちょっと弾いて聞かせてくれない？」

「上手くないです。全然……」

それだけは絶対にお断りだった。もう心がないと言われるのはこりごりだったし、何年も楽譜すら見ていない。

「急に口調がきつくなったね」

「すみません……」

何年もピアノに費やして、得たことなどない。音楽を習いに行って、音を見失うなど笑い話にもならない。

「謝ることはないわ。音楽への接し方は自由だよ。人に聞かせることがなくたって、充分に楽しめるもの。ちょっとね、あなたが益田さんの演奏をどう感じたのかを聞いて、どんな演奏をするのか興味を持ったのよ」

　佑介は思わず彼女から目を逸らした。

「佑介くん、大学生って言ったよね。今は夏休み？」

　体調を崩して留年確実となったとは言えず曖昧に返事する。この後の予定は？　バイトは？　と矢継ぎ早に訊ねると、

「ちょっと手伝ってくれない？　もちろん時給は払うよ。昼間なら九百円、深夜なら千二百円。各種保険完備で週一回から可」

　と急に遠慮がちな口調になった。

「深夜？」

「ああ、この前街で見た求人広告そのまま言ってた。あんまり求人とかしたことなくてね。で、やるの？」

　そう言われても仕事の内容がわからなければ答えようがない。

「この奏弾室で私のアシスタントをやって欲しいの」

「初対面ですよ」

「あなたは益田さんの音色を捉えた。足が動かなくなり、涙を流したんでしょ？　そこまで音を感じられる人でなければ、私の手伝いはできないの」

沙良の目には妖しい光が宿り始めていた。自分には音がわからず、心のない演奏しかできないことを忘れてしまいそうな、美しくて恐ろしい光だった。

四

家庭教師や塾講師のアルバイトならしたことがある。だが、

「先生の話し方、変」

と笑われることが嫌で辞めてしまった。音程がとれないから「正しく」話そうと変に意識してしまう。だから余計に他人には滑稽に聞こえるらしい。佑介はますます無口になり、人が嫌いになった。

「ああ、確かに佑介くんの話し方は人とは違うね。標準語でもなく、どこの方言でもない。独特のメロディーがあるような気がする」

益田さんのレッスンに初めて付き合った時に、彼はあっさりと言った。

「人に笑われることが多くて」

「世界が狭いね」

「僕がですか」

思わずむっとして言い返してしまう。

「そうやって怒る君も、笑った子供たちや友人たちもだよ」

楽譜をしまいながら益田さんは言った。

益田さんが練習しているのはJ・S・バッハの手による『主よ、人の望みの喜びよ』である。教会での礼拝のために書かれたカンタータと呼ばれる荘厳（そうごん）な声楽曲の一部だ。

右手はほぼ単音なので難しいものではないが左手が少々厄介（やっかい）だ。特に十六分音符が出てくるところは三連符とリズムを合わせるのが大変難しいので、根気強い反復練習が必要だ。だが、益田さんは音符通りに弾くのも一苦労だった。

楽譜と運指を見ながらだと正誤はわかるから、つい弾き損じを指摘してしまう。だが、沙良には細かく言い過ぎるなと釘を刺されていた。

「益田さんは世界が広いんですね」

「広いよ」

ゆったりと答えられて、より負けた気になった。

「だからといって偉いわけでも幸せなわけでもない」

付け加えられると余計に腹が立った。

「佑介くんは声や音のこと、気にしてるんだね」

「それは、そうです……」

「人と違う声の調子になったり、音がわからないことが、誰かに劣っていることを意味するとは思えないな」

そんなことは散々言われてきた。カウンセリングを受けたこともあった。そういう特性なのだと自分を納得させれば世界が広がるというのは、こういった悩みや苦しみを知らないからこそ言える言葉だ。だが益田さんの奏でる音には奇妙な程に重さと悲しみがあるように感じられた。

「本番まであと一週間なんですよね」

おめでたい席で弾くことになっている、と聞いていた。生徒さんのプライバシーには、自分から決して踏み込まないようにと指示されていた。

彼くらいの年配の人がおめでたい席でピアノを演奏するとなれば、おそらく結婚式であろうことは想像がついた。自分の息子や娘のためなのか、職場の後輩のためなのかはわからない。

「仕上がりはどうだろう」

益田さんは心配そうに言った。

「悪くはない、と思いますが……」

音の良し悪しはわからないが、横について指の運びを見ている限り間違いは少なくなっている。ただ、悲しくなる。

「他には？」

「特にないです」

「お世辞をいうために先生の代わりをしているのではないだろう？」

「わからないんです」

「そうか……。じゃあわかることは？　感じたままを教えて欲しいんだ」

問われて言葉に詰まった。益田さんの演奏と楽譜は順調に近づきつつあった。プロ並みのレベルにまで上げることはもちろん無理だが、披露宴で新郎新婦や来賓が笑顔で拍手できるくらいにはなるだろう。

「ちょっと、音が暗いような気がします」

「暗い？　そうか……」

あくまでも穏やかな口調である。指使い以外の所作も、益田さんは常に一定の静けさと穏やかさを保っている。こういうのを大人というのかな、と感心もしている。

おめでたい席でのはなむけの曲がどうしてこう重くなってしまうのか、訊ねてみたくなった。ここまで自制のきく人なら、その場に合った演奏ができるはずだ。

「練習の時も本番当日の楽しい雰囲気を想像しながら弾かれるのはどうでしょう」

思い切ってそう言ってみた。

「楽しい雰囲気……」

益田さんは何度か口の中で繰り返した。肩が一度落ちて、また上がった。

「そうだね。おめでたい席なんだ。緊張しているのかもしれない」

それならよくあることだ。普段の練習と人前で演奏するのとは、全く違う。一応幼い頃から何度かコンクールに出たことはある。その度に、心がない、と言われ続けてきたのだから良い思い出ではないが、練習と本番の心と体の変化は体験済みだ。

「試験とか競う場ではありませんから」

そう励まして、自分は一度も楽しむためにピアノを弾いたことがなかったな、と思い返していた。

「でも、最初で最後なんだ」

確かに、祝いの場はそうそうあるものではないだろう。しかし、プロの演奏ではなく、あくまでも余興としてだ。気楽に弾くほうがうまくいくように思えた。だがそう言った瞬間、益田さんの表情が一変した。殴られる、と思わず目を閉じてしまうほどの凄みだった。

「悪かった」

謝ったのは彼の方だった。

「君の方が正しいよ。そうだ。当日、良かったら会場に来てくれないか。先生が来てくれた方が私も落ち着いて弾けると思うんだ」

「沙良さんじゃダメなんですか？」

「今私の練習を見てくれているのは佑介くんだよ。君は彼女から私を任されたんだろう？　無理強いするわけではないが、力になってくれるとありがたいな」

「それは構いませんが……」

佑介は結局、益田さんが演奏する場に立ち会うこととなった。彼が教えてくれた場所を検索すると、谷津塚の郊外に最近できたレストランウェディングで評判の式場らしい。行くことを承諾すると、益田さんはどこかほっとしたように、頷いた。

五

招待状は益田さんが手ずから渡してくれた。最後に結婚式に参列したのは、まだ小学生の頃だった。同級生や知人で結婚している人は少なく、もし式を挙げるとしても佑介が呼ばれることはない。

「譜めくりやるんだね。っていうか毎日どこに出かけてるのかと思ったらバイトまで見つけてきて。お姉ちゃんは嬉しいよ」

姉の由乃はうっとりと手を合わせた。譜めくりというのは文字通り、演奏者の傍らにいて曲が進むのに伴って楽譜をめくる役割を務める人間のことを指す。

「その益田さんて人、佑介のことを信頼してるのね」

「あんまりそんな感じはしないけど」

物腰は至って紳士的だが、壁があって入れない感じがする。彼のような大人なら、きっと誰が譜めくりをしても同じだろう。

「そんなことはないよ」

姉は表情を改めて言った。

「曲の流れを掴んでいなきゃいけないし、演奏者と呼吸を合わせて楽譜をめくらなきゃいけないから、海外では譜めくりのプロもいるくらい」

「プレッシャーかけないでくれる？」

「励ましてるのよ。で、礼服とかの用意はしてあるの」

「ジーパンで……」

「馬鹿じゃないの」

慌てて階段を下りていった姉は、ハンガーをいくつか両手に掲げて持ってきた。

「お父さんの礼服。おめでたい席なんでしょ？　余興とはいってもきちんとしていかなくちゃ」

「ネクタイの締め方もわからないよ」

「昔締めてたじゃない。発表会の時はネクタイ姿だったの憶えてるわよ」

あれはボタンで留めるタイプのものだ。締め方を教えてあげるという姉を何とか部屋から追い出して、スーツをしばらく眺めた。

父と共に誰かの披露宴に出て、その背中を見ていた記憶が残っている。その時も、誰かが余興にピアノを弾いていた気がする……。

「佑介、時間はいいの？」

階下から声がかかって佑介は慌てて部屋着を脱ぎ、ワイシャツとスーツに腕を通す。長い間誰も着ていなかったはずなのに、樟脳の匂いもしなかった。姉がクリーニングにでも出していたようだった。

「あら、似合うじゃない」

幸いなことに身幅は父と変わらなかった。ネクタイはやはりうまく結べておらず、由乃が手早く直してくれた。姉がこういうことに慣れているのは、デパートの紳士服売場で働いているからだった。

「男はいつ勝負の時が来るかわからないからね」

礼を言うと、得意げに胸を張った。

「今日は僕の勝負じゃなくて、益田さんっていう人が演奏するんだよ」

「その譜めくりをするのは佑介でしょ？　益田さんの演奏がうまくいくかどうかは、あなたにもかかっているんだから」

そう言われると緊張してきた。駅まで送ろうか、という申し出を断って駅まで歩き出す。高気温で知られる谷津塚の街だけに、スーツを着て歩いているとあっという間に汗が噴き出してきた。

やはり送ってもらえばよかった、と後悔しつつ駅前に出る。駅にはそれほど大きくない駅ビルが乗っかっていて、バスターミナルには客のほとんど乗っていないバスが所在なさげに停まっている。

日曜だというのに駅前は閑散としている。車を持っている者は郊外のバイパス沿いにできた大型ショッピングモールに出かけ、そうでない者は都心に出てしまう。駅前商店街の多くはシャッターを下ろし、人通りもない。

　二台ほどしか客待ちをしていないタクシー乗り場の先に、ドイツ車のワゴンが待っていた。黒の車体の横に会場名が記されてある。あれに乗れと言われていた。佑介が近付くと、後部座席のドアが開いた。

「秋葉佑介さんですね」

　と目深に帽子をかぶった運転手が言う。どこかで聞いたことのあるハスキーボイスだと思ったら、沙良だった。

「何やってんですか」

「しー」

　車を発進させた沙良は、白い手袋に包まれた指をくちびるに当てた。

「やっぱり気になってね。益田さんはもう会場入りしているわ」

　車は駅前からバイパスへ抜ける新しい道を走り始める。十分ほどしてバイパスに入ると、駅前の閑散が嘘のように交通量が多くなった。

「Wohl mir, daß ich Jesum habe……」

運転しながら沙良は小さな声で歌っていた。

「ドイツ語ですか?」

「よくわかったね」

「中学生の時の音楽会で第九をドイツ語で歌わされたことがあって」

「今日益田さんが演奏する曲の歌詞だよ」

歌があったんだ、と佑介は驚いた。頭の中に音符を置いてみると、

「元々は礼拝のためのカンタータだからね。この歌詞を乗せたモノフォニーの合唱にお馴染みのフレーズがオーボエとバイオリンで演奏されるの。バッハの時代には珍しくない形式よ」

モノフォニーとはグレゴリオ聖歌のような単旋律音楽のことで、僕も名前だけは知っていた。そういえばどういう意味なんだろう、訊こうとする前に車は会場の前に到着した。

「じゃ、頑張って」

「沙良さんは行かないんですか」

「もちろん、こっそり見てるわよ。私は招待客でもないし、譜めくりを頼まれたわけでもない。あなたが彼をしっかり支えるの」

沙良の瞳の色が深くなる。その声に、益田さんの奏でる音と同じ重さが伴ったような気がした。車を降りて会場に入ると、スタッフが数人式次第を進める準備をしていた。列席者はもう集まっているのか、ロビーに客の姿はない。

受付にも椅子と机が置かれているが、両家の名が記されているだけで人はいない。益田さんの娘さんは直子という名のようだった。

佑介はスタッフの一人に声を掛け、余興までの控室に案内してもらった。

六

妙な雰囲気だな、と佑介は思った。

式場はもともと、谷津塚の街道筋にあった江戸時代の旅籠（はたご）を移築してきたものだという。廊下は入り組んでいて、一度に二組が披露宴を開いても互いの客が顔を合わせなくても済むという。

「静かですね」

佑介が言うと、控室にいた係員の男性は曖昧に笑った。

「今日の披露宴は益田さんのところだけですから。宴が始まってしまえば、会場になっている大広間以外は静かなものですよ」

控室はその広間から少し離れているという。そういうことなら静かなのも納得がいく。気分が重いのは緊張しているせいかもしれない、と深呼吸を繰り返す。

「益田さんはどうされてるんですか」

「新婦のお父さままでいらっしゃいますから。こちらにはいらっしゃらないかと」

「そうですよね……」

やはり娘の華燭（かしょく）の宴に花を添えるためにピアノを練習していたのだ。こっそり練習しているという父の演奏に娘は涙するんだろう。その光景を想像すると、こちらの目頭まで熱くなってくる。

そうなると責任重大だ、と緊張してきた。譜めくりの練習をもっとしておけばよかった。音をさせず、演奏の邪魔をせず、黒子に徹（てっ）する。大丈夫、大丈夫、益田さんはもっと緊張しているのだから……。

その時、お願いします、と別のスタッフが呼びに来た。鏡を見るとネクタイが少し曲がっている。直そうといじると余計に曲がってしまった。動揺しつつスタッフの後に続いて会場に入る。

入った瞬間、足が止まってしまった。

大広間には丸いテーブルが十数卓並べられている。純白のクロスに銀の燭台。飾られている花は黄と赤を基調にして鮮やかに卓を彩っていた。高砂の横にはグランドピアノが置かれ、既に演者が椅子に腰を下ろしている。

だが、新郎新婦の姿はない。

列席しているはずの親戚も職場の先輩後輩らしき人たちの姿も、新郎新婦の友人たちの姿もない。戸惑っている佑介の後ろから、司会者がごく平静な口調で宴を進行させた。

「これより、新婦のお父様、賢治さまより、新郎新婦のとこしえの幸せを願ってピアノをご演奏いただきます。曲目はJ・S・バッハ『主よ、人の望みの喜びよ』」

絶句している佑介はスタッフに促され、ピアノの横に立った。

「よろしく頼みます」

益田さんは佑介を見ずに言った。

「よろしくって……」

譜面は既に開かれている。楽譜の最初のページは、もう折り目がだめになっているほどに使い込まれていた。

「娘の、結婚式なんだ」

高砂には誰も座っていない。しかし、若い女性が微笑んでいる写真が花に埋もれるようにして会場を見下ろしている。

益田さんの指先が震えていた。いつも穏やかな笑みを絶やさなかった紳士の横顔が歪んでいる。怒りなのか悲しみなのか、鬼の形相で鍵盤を睨みつけていた。

「娘の……結婚式なんだ……」

その時ふいに、どうして益田さんの奏でる音色があれほどに重く、足を止めてしまうほどのものだったか、理解できたような気がした。

「音は、娘に届くのかな」

絞り出すような声だった。開かれた指がわななき、鍵盤に触れられないでいる。ここにいない娘さんに音は届くのか。音のわからない佑介にはわからない。益田さんの左側に座る佑介と、ある人の視線がぶつかった。

先ほどは運転手の姿をしていた沙良が、式場スタッフの制服を着て正面に立っている。音は遥か遠くまで飛んでいくことができる。想いを届けることができる。そう信じているからこそ、益田さんは沙良の音を捉え、奏弾室を訪れたのだろう。

「届かせましょう」

佑介が言葉を掛けた。すると、鬼となっていた横顔がふと緩んだ。指が鍵盤に置かれる。磨き上げられたベーゼンドルファーが歌い始めた。だが、重い。益田さんの抱える悲しみが曲に暗い影を与えてしまっている。佑介は譜めくりの時に、本当はいけないことだけれど、口にしてしまっていた。

「祝う気持ちと、喜ばしい気持ちを」

右手が押さえる三連符はぎこちなかったが、やがて円を描くように宴の場で踊り出す。決して軽妙な曲ではないが、それでもこの日を喜びのものとする心が、調べを軽やかで、華やかなものへと変えていった。

不思議な感覚だった。

益田さんの演奏は何度も聴いているはずなのに、まるで別の人が一緒に弾いているような、そんな気がしたのである。

音程が取れないのは変わらないが、曲が進むにつれて、やはり風や色を感じた。練習の時と異なり、柔らかな稲穂に似た色あいの風だ。その風は旋律と共に舞い、益田さんの感情を乗せて佑介に届いた。

誰もが泣いていた。佑介も視界をクリアにするために、何度も目を拭った。

曲はやがて終わりを迎え、益田さんはスタッフ以外は誰もいない会場に頭を下げ、そして高砂に愛情と哀惜の籠もったまなざしを向けた。主役も招待客もいない披露宴は新婦の父の祝福と愛に満ちた演奏で締めくくられた。

控室に戻った佑介は、何だか落ち着かない気持ちでうろうろと歩き回っていた。戻ってきた益田さんは、彼を見るなり、深々と頭を下げた。

「佑介くん、いや先生と呼ぶべきだね」

とんでもないことだ。佑介は益田さんの練習をただぼんやりと聴いて、そして本番では楽譜をめくっていただけだ。

スタッフの人が熱いお茶を持ってきてくれた。益田さんは両手で湯呑を抱えていた。

「半年前に娘は世を去ったんだ」

ぽつりと言った。

「約束だったんだ。早くに亡くなった妻と娘はピアノが上手でね。私は仕事が忙しくて、発表会にもなかなか行ってやれなかった。結婚したいと私に告げた時に、娘が頼んできた。私とこの曲を連弾したいってね」

娘さんが亡くなり、相手も悲しみにくれたという。涙と共に婚約者が式場をキャンセルした後、益田さんはそのキャンセルをなかったことにした。

「直子は楽しみにしていたんだ」

微笑みながら、泣いていた。

「お父さんが初めて約束を守るかどうか、見ているからって最後まで気にしていた。そんなことを思い出しながら弾いているとね、本当に娘と連弾しているような気持ちになったんだ。ようやく約束を一つ果たせた気がしたよ」

茶を飲み干して涙を拭くと、控室から去った。佑介は手の中にあってまだ湯気を立てているほうじ茶に口をつける。温かいお茶が喉元を通り過ぎると、またどっと涙が溢れ出た。

益田さんの演奏には、確かに誰かが付き添っていた。

その愛情の深さと強さが、音を包み込んでいた。それがまだ佑介の中に残っている。

ひとしきり泣き終えた頃、

「お茶のお代わりはいかがですか……」

低い声の女性スタッフが入ってきた。いや、この声は、と顔を上げるとやはり沙良であった。また運転手の扮装に戻っている。

「いい演奏だったよ。演者に言葉を掛けるのは感心しないけど」

「すみません……」

「何て声を掛けたの？」

祝い、喜びましょうと告げたと言うと、沙良は細い目を丸くした。

「思い切ったのね」

とっさに出ただけだった。思い返せば、娘を失った人に明るく弾けというのは残酷なことなのかもしれない。

「確かに残酷ね」

あっさりと沙良は斬った。

「でも、あなたは益田さんの音の中に潜んでいた本当の心を感じ取れたから、そう言えたの」

「本当の、心……」

「そういう人でないと私の所へはたどり着けない」

謎めいた微笑を浮かべ、こちらに手を差し出した。

「私の奏弾室、気に入ってもらえると思う」

「自信ありげですね」

「私は音の天才。でも心がわからない」

佑介は驚いて沙良を見つめた。

「俺と逆……」

「奇遇よね」

沙良は佑介の肩をぽんと叩くと、くるりとダンスのターンのように身を翻し、控室を出て行った。不思議な女性が営む不思議なピアノ教室、奏弾室に惹かれている自分を、もはや隠しようがなかった。

第二話

どんなときも。

一

夏休みが終わるのはずっと先だ。幼い頃は無邪気にそう信じていた。

七月の下旬に、小学校の一学期が終わる。宿題の問題集を渡され、自由研究や読書感想文についての説明を先生がしている。教壇に立っているのは若く美しい女性だ。

耳の上で髪を切り揃え、長い脚で教壇を往復しながら子供たちに夏休みの心得を話していた。佑介は気もそぞろに、その少し掠れた声を聞いていた。あんなに美人なら、声も綺麗だったらもっといいだろうに。

生意気だと思いながら、先生を値踏みしている。その時、不遜な子供の心を見透かしたように、先生が近付いてきた。

「佑介くん」

先生の口元には笑みが浮かんでいる。はい、と返事をしようと思ったが声が口から出て行かない。

「練習してる？」

「何の……練習ですか」

佑介は俯き、急に口の中が渇いていくのを感じていた。

「練習しないと上達しない。どんな華麗な演奏で聴衆を魅了するピアニストも一日のほとんどを練習に費やすのよ」

そんなことを小学生に言われても、と席から立ち上がって逃げ出そうとする。いつしか教室は暗闇に包まれた空間へと変わり、先ほどまで夏休みの予定を楽しげに話していたクラスメイトたちの姿もない。

逃げて走った先に、巨大なグランドピアノがあった。

古く、半ば朽ちている。見たことがあるような、しかし初めて見るような不思議な感覚であった。怖いのに逃げ出せない。

木材と金属を職人の技で組み上げた文明最高の楽器、ピアノの中でもグランドピアノの音色は格別だ。柔らかく硬く、優しく厳しく、巧拙だけでなく、人の感情を押し広げて行く。

奏者が怖じることなく演奏を全うすれば、数万人の心を揺り動かすことすらできる。

「でも練習しないと、そうはなれないの」

先生の口元しか見えない。にい、と笑ったくちびるから血が一筋垂れた。

「止められると思うの？」

「僕はもう止めたんだ」

そう言い返すのが精いっぱいだった。ピアノが徐々にこちらに近付いてくる。鍵盤が一つ落ち、そこから赤い液体がとろおりと垂れているのを見て、佑介は悲鳴を上げた。


蟬の声が聞こえる。

谷津塚の街は都心から電車で一時間ほどの位置にある。四十年ほど前、大規模に開発されてベッドタウンとなった。佑介の両親が結婚して間もなく購入した頃は、駅前もずっと賑やかだったという。

しかし今は通勤時間の前後だけがほんの少し賑やかで、それ以外は建ち並ぶ家の数に見合わぬ程に閑散としているのが常だ。

　大学生は夏休みの期間だが、佑介にとっては終わりのない夏休みだ。夢から覚めた途端、そんなことが頭に浮かんでうんざりとする。

「起きた？」

　姉の由乃が部屋に顔を出した。

「心配してたんだけど、大丈夫そうね」

「心配？」

　ふと自分の体が窮屈に感じて見てみると、白いワイシャツにトランクスという間の抜けた格好でベッドの上にいた。

「さすがに昔みたいに着替えさせてあげるわけにもいかないしね」

「馬鹿なこと言ってないでさっさと出てって」

　姉はくすりと笑ってドアを閉めた。

「お風呂は沸かしてあるから。お腹が空いてるのなら声かけて。簡単なものなら作ってあげる」

　カレンダーを見ると、月曜日である。昨日はどうしようもなく疲れてしまった。奏弾室、というピアノ教室に学ぶ男性が、娘の結婚式のために演奏した。娘は病を得て、式に間に合うことなく世を去った。

言葉にするとそれだけのことだ。だが、「それだけ」のことの重みが佑介の肩や背中にずっしりと乗っている。

「いい演奏だったよ」

奏弾室の先生である沙良はそれだけ言って帰っていった。演者の益田さんのアテンドは係の人が滞りなく行って、譜めくりを務めた佑介も呆然としているうちにその「式」はお開きとなった。

誰も、何も言わなかった。

益田さんは悲しいとも嬉しいともわからない表情で佑介に向かって頭を下げた。

「さすがは沙良先生が勧めてくれただけのことはあった。いいタイミングで譜をめくってくれて、演奏に集中できたよ」

それにどうやって答えて、そしてどうやって家に帰ってきたのか憶えていない。

やたらと疲れて、夕食も風呂もなしでベッドに倒れこんでしまった。ワイシャツを脱いでシャワーを浴びているうちに、益田さんのことをもう一度思い出す。

一番近くで聴いている時に、どう感じていたかをようやく理解できるようになった。その演奏は決して巧みだったわけではない。緊張のせいか譜面通りには弾けていなかったが、ノイズにしか聞こえない音に危うく涙が出そうになる力があった。

弾くほどに益田さんの雰囲気が変わっていくように感じていた。どう言葉にしていいかわからなかったが、ようやくわかった。澄んだ水を湛えた湖を見ているような、そんな感覚であった。

シャワーから出ると、食卓から出汁のいい匂いがしていた。

「うどん、食べる?」

台所から姉の声がした。

「食べるけど、今日月曜だろ。仕事どうしたの」

しばらく答えが返ってこなかった。居間に顔を出すと、姉が困ったような笑みを浮かべている。

「……ちょっとね。しばらく休もうと思って」

「姉貴もかよ」

「私も夏休みにするよ」

何かあったんだな、とは思ったがそれ以上は訊けなかった。うどんは関西風の透明な出汁の中に、大きな薄揚げと緑鮮やかな葱が載っている。

「珍しいものつくるね」

「大阪にしばらくいたからね」

姉の大学時代のことを、佑介はよく知らない。就職が東京のデパートに決まったことは知っていたが、紳士服売場にいるとは知らなかったし、彼女が家にいる理由を話すこともなかった。

会社で何かあったの、と訊けばいいのかもしれないが、台所に立つ姉の背中はそれを拒んでいるようにも思われた。

「今日はどうするの？　またあのピアノ教室でバイト？」

「行くつもり」

姉は向かいに座り、

「私も見に行こうかな」

そんなことを言った。

「姉貴はあんな場所にピアノ教室あるの、知ってた？」

「人が住んでるなんて知らなかった。昔はよく遊んだよね」

「習いごとずる休みして」

「それは佑介だけでしょ」

姉も一緒だった時もあったようにも思ったが、真面目な由乃がサボるわけもないか、と思い直した。

「ピアノなら姉貴の方がずっと上手だった」

「そんなことはないけど」

居間の隅にアップライトピアノが置いてある。カバーが掛けられ、書類などが山積みにされている。数年間開けられたのを見ていないが、幼い頃は姉も佑介もずっとこの前に座っていた。自分が弾くのは嫌だったが、姉のピアノを聴いているのは好きだった。

「仕事は私に合ってたけど、次を考えることにしたんだ」

姉はさらりと言った。

「合ってるならやめなきゃいいのに」

「合いすぎるのも良くないんだな」

謎めいたことを言って、姉は寂しげな笑みを浮かべた。

二

外に出ると、強い日射しが照りつけていた。首都圏の内陸部に位置する谷津塚市の夏は日なたを歩いていると意識が薄れそうになるほどである。

子供の頃はこの日射しの中を走り回り、山道を飛びまわっていたのが信じられないほどだ。気温上昇のせいなのか体力が落ちたのかはわからないが、奏弾室までの途中にある霊園の入口で、一度腰を下(お)ろして休まねばならないほどだった。

水汲(く)み場の小屋の日陰で休んでいると、白い傘が墓石の間に浮かんでいるのが見えた。ぞくりとしたが、その下には人影がある。よく見ると、一人の女性が途方に暮れたように立ちすくんでいた。

佑介が声を掛けると、ゆっくりと彼女は振り向いた。

綺麗な人だった。背が高く、黒く艶(つや)やかな髪が背中を覆(おお)っている。袖(そで)のないセットアップから出た肩を、黒のショールで覆い、白い日傘の下だけが別世界のように涼(すず)しげに見えた。

「道に迷ったみたいで」

「もしかしたら奏弾室をお探しですか」

女性は目を丸くした。

「あ、あの、僕はそこでバイトをしていて」

安心したように女性は微笑(ほほえ)んだ。自分よりはかなり年上だとは思ったが惹(ひ)きこまれるような美しさで、笑みの中には甘い可愛(かわい)らしさもあった。

「よかったら連れて行ってくれませんか」

「ちょうど僕も向かうところです」

　女性の靴は山道を歩くには向いていなさそうな、しゃれたサンダルだった。ゆっくりと先導していると、貴婦人の従者になったような気がしておかしくなった。

「あなた」

　そういう呼びかけもどこか貴婦人めいている。

「お名前は？」

「秋葉佑介といいます」

　彼女は一瞬足を止め、僕を見つめた。

「私がここに来るの、知ってた？」

「いえ、初対面ですし……」

　奇妙なことを言う人だ。その瞳の黒が深く、思わず目を背けてしまう。彼女は葦原万里と名乗った。

「そうよね。でも、知っていたのなら面白かったのに」

　奏弾室までの道は舗装されておらず、サンダルでは歩きづらそうだった。思わず手を伸ばすと、彼女は微笑んで拒んだ。

「優しいのね」

「いえ、そんな」

慌てて手を引っ込め、先へと進む。

奏弾室の前にはビーチにあるようなパラソルが立ち、その下で沙良がアイスコーヒーを飲んでいた。沙良はあまり似合っていない大きなサングラスを上げ、

「葦原さん、迷いましたね」

柔らかな笑みを含んでそう言った。

「迷ったけど、こちらの秋葉さんが道案内をしてくれて」

「遅刻をしただけの価値はあったわね」

時計を見ると、確かに十五分ほど遅れている。途中で少し休んだとしても間に合うように出たはずなのに、と佑介は首をひねった。

「あなたは葦原さんの美しさに迷ったのよ」

「そ、そんなわけないでしょ」

「太陽のせいだけとは思えないほど顔が赤いよ」

佑介は恥ずかしくなって慌てて建物の中に入った。ここでの仕事は先日のような譜めくりもあるが、洋館の掃除などの雑用が主だ。広いので時間がかかるし、沙良の方

針で掃除機は使ってはいけないことになっている。

「あの音が嫌い」

佑介はどちらでも良かったが、雇い主の言うことなので従っていた。ただ、箒とモップと雑巾で綺麗に保つには、建物が大きいだけになかなか骨が折れる。

やがて、ピアノの音が聞こえてきた。

「何の曲だろう……」

頭の中の五線譜に音を置いていくが、指がうまく動く段階には至っていないようで、曲名を判別することも難しい。ただ、懸命さは伝わってきた。クラシックではなく、ポップスのようだ。どこかで聴いたことがある気もする。

沙良が暮らしている部屋もレッスンに使われる部屋も一階にあるが、玄関ホールを挟んで反対側にある。居住スペースに足を踏み入れることは厳しく禁じられている。

「そうだ、秋葉くん」

レッスンルームから沙良が顔を出した。

「二階も掃除しておいてよ」

はあい、と返事して掃除道具を担いで階段を上がる。これまで沙良自身も上がることが少なかったらしく、どこも埃をかぶっている。一気にするのは諦めて少しずつ雑巾で汚れを拭っていった。

気付くと白い真昼の日射しに柔らかな色が混じり始める時間になっていたが、レッスンルームからの音はまだ終わっていない。

「よく頑張るなぁ」

汗を拭き、佑介は腰を叩いた。子供の頃のレッスンは確か一時間ほどだったはずだ。佑介にとっては無限の長さを感じる苦痛の時だった。

ピアノの音が聞こえる限りはと掃除を頑張ったおかげで、廊下の汚れはかなりきれいになった。皮膜を一枚剝いだかのような輝きに満足しつつ、階段を下りていった。

「おおい秋葉くん」

レッスンルームから沙良の声がする。低くて掠れているが、よく通るのが不思議だった。冷たいお茶を持ってこいというご命令だ。ただ、冷蔵庫は沙良の居住スペースにしかないはずだ。

「入っていいから早くお願い」

師弟共に熱が入っているなら仕方ない、とおそるおそる軋むドアを開いて中へと足を踏み入れる。ふわりと沙良の香りが漂ってきて、佑介はうろたえた。

飾り気のない部屋を勝手に想像していたが、柔らかい色の壁紙と、部屋のあちこちに置いてある鉢植えが彩りを添えている。テレビはないが大きなスピーカーと高そうなオーディオセットが部屋の中央にあるのが見えた。冷蔵庫はごく小ぢんまりした水回りの横にあり、扉を開けると麦茶の入ったポットがあった。

奥の方でなまめかしい色の何かがはためいているのが見えたが、雑念を押し殺して視線を下に落とし、コップに麦茶を入れて部屋を出る。掃除をしている時よりも激しく汗が噴き出していた。

「お茶です」

レッスンルームからはピアノの音が続いている。

「入って」

両手にコップを持っているので肩でそっとドアを押すと、甘い香りがして頭がくらくらした。沙良と葦原さんはノースリーブ姿で首筋まで汗を光らせている。

「わ、ごめんなさい」

慌ててドアを閉めてしまうが、

「何か後ろ暗いところがあるのか少年」

と手を持って引っ張り込まれた。

「さ、葦原さん。今日のおさらいをしましょう」

「おさらいって、秋葉くんにも聴かせるの？」

ここまで歩いてくる時は貴婦人のような威風を漂わせていたのに、迷子になった子供のように心細い表情を浮かべている。

「人前で発表したいんでしょ？」

沙良は逃げることを許さない口調だ。

「それは、そうだけど……」

葦原さんは長い髪を結いあげていた。長い首筋には年齢を感じさせるものがなく、鍵盤に向かう横顔からは化粧がすっかり落ちていた。だがそれがかえって凄味のある艶を醸し出していて、佑介は思わず唾を飲み込んでいた。

「見るんじゃなくて、聴きなさい」

沙良が手の甲で佑介の腕を軽く叩いた。ぴしゃりと汗が飛んで、その感触に佑介は思わず体を強張らせた。

「聴けと言われたって、良し悪しはわかりませんよ」

「生身の人間が聴いていればそれでいいのよ」

覚悟を決めたのか、葦原さんは鍵盤に指を置く。

譜面には『どんなときも。』と書かれてある。だが、葦原さんの指は動かない。

「だ、だめ……無理」

がっくりとうなだれる。沙良は佑介に出ていくように目配せをした。何か悪いことをしたような後味の悪さを感じつつ、彼はレッスンルームを出た。

三

「なかなかきれいに掃除するわね」

葦原さんを墓地の下まで送って戻ると、沙良はまたビーチパラソルの下でアイスコーヒーを飲んでいた。

「労働の後のアイスコーヒーはたまんないね」

「ビールとかじゃないんですか」

「日の高いうちは飲まないことにしてるの。さ、どうぞ。掃除のご褒美」

青い大ぶりのグラスに氷が詰められ、そこに漆黒の液体が満たされる。

「古いお友達が珈琲豆のお店をしていてね」

「喫茶店ですか」

「豆の専門店。テイスティングくらいはさせてもらえるけど、喫茶店じゃないわ」

　そういう店は都内で見たことがあった。

「長野の山の中にお店はあるの」

「そんなところで商売になるんですか」

「ま、やりようだと思うよ。私だってそうだし」

　確かに、と周囲を見回した。洋館を隠すように木立が囲んでいるが、玄関前は切り拓かれて街が一望できるようになっている。緩やかな起伏に沿うように無数の人家が並んでいる。モザイク画のような美しさの中を、バイパスが切り裂くように南北に走っていた。

「コーヒーは苦手？」

　なかなか口をつけない佑介を見て、沙良は目を細めた。

「その少年っぽさ、いいわね」

「もう二十歳です。それは沙良さんから見れば子供かもしれませんが」

「いくつだと思ってるの」

「一回りくらい上ですか？」

　思わず顔を見つめてしまう。化粧っ気がないのかと思ったら、しっかりと直されていた。

「なかなか鋭いじゃないの」

「姉がいるので……」

「道理でね。女の人慣れしてる気がする。葦原さんも言ってた」

「彼女とか全然できないんですけど……」

「女性の扱いに慣れていることとモテるのとはまた違うわよ。よく勘違いされるけど」

容姿がすぐれているわけではないことは重々自覚しているが、沙良に言われると妙にこたえた。沙良の前には楽譜が一揃い置かれている。

「ポップスも教えるんですね」

「大人の初心者は好きな曲を弾けばいいの。子供と違って時間がないからね」

沙良は拘らない様子で言った。

「ピアノはなんだって受け入れる。クラシックでもロックでもジャズでも、もっというなら西洋音階でない曲だって表現できるんだもの」

『どんなときも。』は槇原敬之というシンガーソングライターのヒット曲だ。佑介はこの曲が流行っていた頃を知らないが、コマーシャルで流れたりして聴いたことはある。スマートフォンから沙良が流してくれた。

「いい曲よ」

「みたい、ですね」

曲の良し悪しが佑介にはわからない。音が鳴っているのはわかる。だが、その音の持つ表情や温度、演奏であればその巧拙を考えようとすると、音は砕け散ってノイズになってしまう。弾き方も忘れてしまった。何をもって良いか悪いか、という感じ方を幼い頃に壊されてしまった。譜面なしには音の正誤もわからないのだ。

「今回も結婚式ですか」

「ピアノを弾く舞台は何も結婚式ばかりじゃないわ」

「じゃあ街の発表会とか？　大手の教室は会場借りてよくやってますよね」

技量の優劣を競うコンクールでポップスが使われることはまずないが、教室の生徒たちが出演する発表会ではごく普通のことだ。

「まあ発表会といえば発表会だけど」

沙良はちょっと考え込むような表情を浮かべた。

「発表会じゃない発表会があるんですか？」

「出る人がたった一人なのよね」

「それってリサイタルでは……」

「でも弾くのは『どんなときも。』一曲よ」

佑介は益田さんのことを思い出した。

「まさか、聴かせたかった人はこの世にいないってパターンですか」

「もしそうだったら？」

「……正直もう勘弁して欲しいです」

娘さんとの生前からの約束だというのは理解できる。悲しみを乗り越えるために、その約束を果たしたいという気持ちだってあるだろう。

「でも、僕には何の関係もないんですよ」

重い話は苦手なのだ。

「そうか……」

沙良は目を伏せた。

「確かにそうよね。人生で背負ったことを、他の誰かが背負う必要はない。それぞれ自分のことで精一杯で生きてる……」

沙良の声は囁くように小さくなった。

「もちろん、無理強いはしないよ」

声が戻った。

「秋葉くんは音に導かれてここに来た。私はあなたがここに来たことに何か意味があると思って誘った。同じようにあなたが思うかどうかはまた別の話」

佑介はテーブルの上の楽譜に目を落とした。

拙（つたな）い指使いながらも、汗だくで練習する葦原さんの横顔が脳裏に浮かんだ。

「また譜めくりをお願いしたいの。益田さんがとても褒（ほ）めてた。あなたのおかげで、心おきなく弾けたって」

その言葉には、彼の心の深いところに何かを投げ込むような強さがあった。

「あなたは演奏の正しさはわからないかもしれないけど、鍵盤に向き合う人の心に寄り添うことができる。それは誰にでもできることじゃない」

佑介はしばらく、動くことができないでいた。どこか甘くてくすぐったい、いつまでも聴いていたい沙良の声だった。

「それでも、辞める？　ここにはもう来ない？」

それにイエスと答えることは、もはやできなかった。

「よかった。葦原さんが発表する時も、譜めくりお願いするね」

ふふ、沙良が不敵な笑みを浮かべ、彼は何やら嵌（は）められたことに気付いた。

「明日は夜に来てくれるかな。夜七時頃ならいいかも」

「え、いきなりですか」

「都合悪かったらいいけど？」

「悪くないです」

「あ、それから、お姉さんがいるって言ったわよね。ご家族にもここに来ている生徒さんのことは話さないで欲しいの」

それは当然の用心だと思い、佑介は頷いた。

四

「へえー。聞けば聞くほど不思議なピアノ教室だね」

姉は興味深そうに僕の話を聞いていた。葦原さんのことも話そうかと思ったが話すのはだめだと言われているので、大まかなことだけを話すにとどめていた。

「『どんなときも。』はマッキーの名曲だよ」

槇原敬之というシンガーソングライターがとてつもないヒットメーカーであることは、ネットの検索窓にその名前を入れればすぐにわかった。マッキーというのは彼の愛称だ。

「姉貴はファンなの?」

「ピアノメインのシンガーで一番好きなのはマッキー。その次はＫＡＮさんと奥華子さん」

どの名前もかろうじて聞いたことがある程度だ。

「ねえ、どんな人が教わりに来てるの?」

「それは……」

「ま、いいわ。そうやって言わないことも仕事のうちだもの。喋るより黙っている方が大変なことだってあるし、それができるのは大人の証だね」

うんうん、と頷いて夕食を片付ける。

佑介はふと居間の隅にあるピアノに目を留めた。

「あれ、掃除したの」

カバーの上に積んであった書類などが綺麗に片づけられている。

「ちょっとね。でも心配しないで。佑介がいる時は弾かないから」

「いいよ、別に」

「本当?」

ぱっと輝いた姉の顔を見て、佑介はしまった、と思った。これまで佑介が嫌がるから、由乃はピアノを我慢してくれていたことに、初めて気付いた。

「いない時に弾いていればいいのに」

「嫌な音は少しでも聞こえたら嫌かな、と思ってね」

「……ごめん」

自分が弾く気にはなれないが、人が弾く分には構わない。奏弾室であの音色を聴いてから、何かが変わったのかもしれない。

「私もクラシックじゃないのを弾こうかな」

楽し気な姉の横顔を見て、彼はますます反省した。

「そんなに弾きたかったんなら言ってくれたらいいのに」

「煙草（たばこ）が嫌いでも親しい人が吸ってもいいか訊（たず）ねたら、いいよって答える人いるでしょ。佑介はそういう子だから」

「唐突（とうとつ）な子供扱い止めて」

佑介は顔をしかめた。

「あはは、ごめんごめん」

由乃は鍵盤に指を下ろした。譜面台に譜面は載っていない。

「何弾くの」

「折角だからマッキーの曲を弾こうかなと思って」

「暗譜？」

「好きな曲だからね」

　ピアノ奏者には二通りいて、プロ級の腕をもっていても必ず楽譜に目を通しながら弾く人もいれば、暗譜してしまう人もいる。どちらが優（すぐ）れているということはないが、由乃は暗譜をしないタイプだったはずだ。

「もしかして、楽譜を広げるのにも気を遣（つか）ってたってこと？」

　へへ、と姉は小さく舌を出した。

「やりすぎだよ」

「まあ、こういう性分だからさ。許しておくれよ」

　謝らなければならないのはこちらなのに、こういう性格だから会社勤めもうまくいかなかったのかな、と心配になった。

　由乃がピアノの前に座っているのを見るのは久しぶりだ。佑介がピアノから離れて間もなく、少なくとも弟の前では弾いていない。舞台の上から逃げ出し、心が折れた佑介も、もちろん触れることさえしてこなかった。

　心が沈んでいても、温かい手を差し出してくるような前奏は穏（おだ）やかなメロディーを伴って進み、そしてカタルシスのあるサビへと突入する。

だがそこで、由乃は手を止めた。家で弾いているのだから、気楽にやり直すのが普通だ。だが、姉の肩は震(ふる)えていた。

「久しぶりに弾くから忘れちゃった」

「そう……」

一瞬、泣いているように見えたが、そのまま自分の部屋に戻ってしまったので確かめることはできなかった。その翌日からごく普通に弾き出すのかと思ったが、やはり佑介のいる間は弾かないと決めているようだった。

電話とファックスを置いてある台の下に、大切な書類を入れておく棚がある。これは両親が健在な時からうちの決まり事であった。

「休学届、出しておかないとな……」

少し前よりは精神的には落ち着いた気がするが、どの道前期は一つも単位が取れていない。両親が残してくれた財産はこの家と少々の現金があるが、それに手を付けたくはなかった。

「あれ……」

書類の中に、一揃いの楽譜があった。

「『どんなときも。』……」

だがそれは、先ほど彼女が演奏したものとは違っている。音符の密度がかなり薄く、初心者向けのものであることが見て取れた。

五

次の日は、夜に来るように言われていた。

夏の日は長いが、夜も七時を回るとあたりはすっかり暗くなる。黄昏(たそがれ)も過ぎた霊園横の道を行くのは、少々勇気がいった。霊園の方を見ないように道を急ぐと、林の奥で何かが動いた気がした。声にならない悲鳴を発して坂道を駆け上り、奏弾室の扉を叩く。

「幽霊?」

沙良は笑った。

「少年は幽霊の存在を信じてるの」

「少年は止めて下さい。信じるも何も見たことありませんから」

「もし見たら?」

「それは……信じるかもしれないですね」

「じゃああなたは信じるしかないわね」

掠れた沙良の声が一段低くなる。周囲の気温まですうっと下がったような気がした。

「どういう意味です？」

「あなたが見ているものがそうだから」

沙良のひんやりするような視線を受け佑介は焦（あせ）った。冗談に決まっているはずだが、そのハスキーでいて艶のある声で言われると奇妙な真実味があった。

「幽霊にしかできないこともあるから、こうしてピアノを弾いているの。よくあるでしょ？　学校での怪談には音楽室やピアノがつきもの。音には、音楽にはね、魔力があるの。それは人の心を動かすものだけど、時に殺したり生き返らせたりもするのよ」

「わ、わかりました。それで、この時間に来いっていうのは」

彼は受け流すことにした。

「何だ、つまらないの」

小さく鼻を鳴らす。

「今日はこれから葦原さんのレッスンなの。彼女、平日の昼間は仕事だからね。昨日は有休とって来てくれたけど」

「夜だから送迎をするとか？」

「物騒だからね。それでさ、私もちょっと用があるから代わりに見てもらえるかな。わかってる。益田さんの時と同じように、音の良し悪しを言って欲しいわけじゃなくて、とにかく近くで聴いてて欲しいの」

そういうことなら、と佑介は快く引き受けた。

沙良が出ていくのと入れ違いに、葦原さんが入ってきた。事情を説明すると、こくりと頷いた。

「譜面通りに弾けているかどうかはわかるんだよね」

「譜面があれば何とか」

佑介は頷いた。

「じゃあ……」

葦原さんは長い髪を結んで気合いを入れると、ぎくしゃくと弾き始めた。前に比べると正確にはなってきているが、それでも弾ける部分、弾けない部分の差が激しい。

それにしてもタフな人で、満面に汗を浮かべつつも決して休まない。こういう上司がいたら大変だろうなぁ、と整った横顔をぼんやりと見ていると、

「シャンプー、女性のもの使ってる？」

「え？　家にあるものであんまり気にしてませんが」

「私、その匂い好きなの」

「でも……葦原さんのとは違いますね」

「わかる？」

　葦原さんが目を細めてくすりと笑ったので、佑介はどぎまぎした。

「好きなものを身に着けたいとは限らない」

「そんなものですか」

「合う合わないもあるし、タイミングもあるの」

　柔らかな青いハンカチで汗を押さえる。

「この曲の歌詞にあるのよ。好きなものを好きと言えることがどれほど素晴らしくて、
そして大変なことか、この曲を作った人は知ってるのね」

「葦原さんはマッキー好きなんですか」

「全然」

「へ？」

「そりゃ名前くらいは知ってるし、曲も聞いたことはあるけど。私はどちらかという

とR&Bとかが好きだからJ-POPはほとんど知らないのよ」

「じゃあどうして？」

「弾きたいからよ。弾きたいっていうより、聴いて欲しい、っていうのが本当のところかな」

　それから数日、佑介は葦原さんの練習に付き合った。本当に、ただ横で聴いているだけだった。早々に暗譜をしてしまったので、譜めくりをすることもない。

　ただ、退屈というわけではなかった。厳しさも感じるのだが、ふとした笑顔や話し方、気遣いが何とも心地好い人だった。

「発表会って、どこでやるんですか」

「ここよ」

「近々なんですよね」

「今日になると思う。聴かせたい人、来てくれる決心がついたみたいだから」

　え、と驚く佑介の背後で、部屋がノックされた。

「来たわ」

　葦原さんは振り向かず、そのまま鍵盤に向かっている。佑介は沙良に続いて入ってきた人を見て愕然とした。

「姉貴……どうしたの」

由乃は儚げな笑みを浮かべた。

「発表会に招待されたの」

「そ、そう……」

姉と葦原さんの間にある張り詰めた空気に、佑介は思わず後ずさった。沙良が用意した椅子に姉は腰掛け、沙良を挟んで彼も座った。葦原さんはしばらく何も載っていない譜面台を見つめていたが、

「秋葉くん」

と呼んだ。佑介と姉が同時に返事をし、顔を見合わせた。

「ここでは弟くんの方かな。やっぱり楽譜を置いてくれる？」

佑介は何が起こっているのか今一つ理解できないまま、楽譜を広げて譜面台に置いた。そこまで難しい曲ではなく繰り返しも多いので、ページ数は多くない。

楽譜を置いて席に戻る時に姉の顔を盗み見たが、静かな表情で葦原さんの背中を見つめていた。葦原さんはなかなか演奏を始めることができない。タイミングを失っているように見えた。

「聴衆にご挨拶しましょうか」

沙良が柔らかな口調で言った。はっとなった葦原さんは立ち上がり、見事なお辞儀をすると再び鍵盤と向き合った。

「作曲、槇原敬之。曲は『どんなときも。』です」

沙良が紹介したのを合図にするように、葦原さんは演奏を始めた。それはもう、発表会のレベルとしてはひどいものだった。譜面が大方頭に入っている佑介は、はらはらして立ち上がりそうになった。

奏でられるピアノの音色が佑介だけに感じられる風の源となる。張り詰めて厳しく。しかし美しい風は、由乃の周囲を巡り、そして吹き抜けていった。

音としては捉えられないものの、テンポや動きだけで、ギクシャクしているのがわかる。だが、佑介は音ではなく風や色を感じていた。益田さんの演奏を聴いた時と同じだった。古い洋館の隙間風(すきまかぜ)というわけではない。葦原さんを中心に、深い山の緑に似た色の風がうず巻いている。だが、由乃の髪も部屋のカーテンも揺れていない。

曲の最後、前奏部分に戻ってきた時には、葦原さんは汗びっしょりとなっていた。佑介も背中が汗で濡れているのを感じていた。締めの和音だけがぴたりと決まり、彼はほっとして大きく息をついた。

ぱちぱちと、拍手が聞こえる。姉が立ち上がり、その演奏を称(たた)えていた。葦原さんの顔に初めて笑みが浮かんだ。姉と見つめ合った葦原さんは、再び深くお辞儀をすると、舞台をはける主演女優のように堂々と部屋を出て、そのまま戻ってこなかった。

「あの……」

事情がわからないままでいる佑介の肩に、沙良はぽんと手を置いた。

「さ、発表会は終わったわ。あなたは主賓をお家まで送り届けること。明日からまたお昼においでなさい。次の生徒さんもなかなか手ごわいわよ」

尻を蹴飛ばされるようにして奏弾室を追い出されてしまった。

星灯りの下をゆったりと進んでいく姉の細い肩を見ていると、多くの問いが佑介の頭の中に浮かんでは消えた。

街への坂道を下る歩調に合わせながら姉が歌っている。

これまでの日々とこれからの時が、二人にとっての答えとなる。そんな歌詞だ。

この曲は、と彼はようやく理解した。

二人の間で交わされる最後の言葉だったのだ。会社を辞めたという姉。姉に聴かせるためだけにこれまで触ったこともないピアノで姉の好きな曲を弾く葦原さん……。

「すごくかっこよくて優しくて頼りがいがある先輩だったんだ」

由乃は淡々とした口調で言った。

「初めて人を好きになった。初めて好きな人を想って曲を聴いて、弾いたよ。あの曲を弾くと想いが伝わるような気がした」

問いの答えは姉の言葉と横顔にあった。

「葦原さんは人を愛せる人。でも、恋する相手は男性だけ。それはもう仕方のないこと。仕方のないことを理解してくれる人」

葦原さんなりの返答が、あの『どんなときも。』だったのだろう。

「ねえ佑介」

歌い終えた姉が言った。

「やっぱり、時々はピアノ弾いていいかな」

「存分に弾いてよ」

「でもね。会社を辞めたのは葦原さんのせいじゃないんだ」

振り向いた姉は、瞼（まぶた）の腫（は）れた顔でにこりと笑った。その理由を踏み込んで訊くことがどうしてもできなかった。

第三話

ホーダウン

※

音楽に流行りすたりはつきものだが、一度流行ってすたりっぱなしというジャンルもある。そこにはまることは、明るい大学生活を捨てることを意味する。こうなってしまったのは全部あいつのせいだ。

九〇年代後半にプログレッシブロックのサークルに入って、明るい大学生活の大半を捨てた代わりに何かを得られたかというと、はなはだ疑問だ。

俺はドラムをどたばたと叩きながら内心悪態をついていた。

汗にまみれた長い髪は蒸気を上げ、煙草の匂いと混じって異臭を放つ。窓の外からは男女の学生がじゃれあう楽しげな声がする。それをかき消すようにさらにドラムの音を上げる。

「まっちゃん、どたばた叩けばいいってもんじゃねえぞ」

いつしか目の前に、ひょろりと背の高い男が立っていた。ぱさついた中途半端に長い髪が、細長い顔の両端を覆っている。

「鈴木、お前がうるせえから練習してやってんだろ」

「鈴木って呼ぶなって言ってんだろ。俺はキースだ」

「キースって面か」

鈴木の自称「キース」の由来であるキース・エマーソンはプログレッシブロック界伝説のキーボーディストだ。速く強く、そして、人間離れした指の運びと表現力は彼のユニット、ＥＬ＆Ｐ（エマーソン・レイク・アンド・パーマー）を七〇年代の大スターに押し上げた。八〇年代には映画音楽にも進出し、サントラを担当した日本の大作アニメ映画でもその才能は遺憾なく発揮された。

狭くて汚いサークルボックスの一角に、古いシンセサイザーが置いてある。鍵盤の一本に至るまで磨きあげられ、周囲の汚さから浮き上がっているように見えた。それが彼の愛機、ミニモーグだ。

「いっしーは？」

「もうすぐ来るんじゃねえの」

俺は、汗臭い長い髪を縛った。緊張しているせいか、スティックを握る手に汗が浮かんでいる。やがて小太りで長髪の男が不機嫌そうに入ってくると、ベースギターをアンプにつないだ。俺もキースも黙って煙草をくゆらせている。

「やろうや」

ベーシストの石坂の声を合図に、キースは鍵盤に指を下ろす。その後は奔流に押し流されるのと同じだ。激しい音の流れの中で、懸命にドラムの爪あとを残そうとする。だが、それは古びたシンセの音に撥ね返されてしまう。

「だめだよこんなんじゃ」

鈴木は舌打ちして出ていく。

こんなことはしょっちゅうあった。

何度セッションしようと、ライブの場数を踏もうと、いつも苛立たしげに舌打ちをされてそれで終わりだ。では何故止めないのか。止められるわけがなかった。あの凄まじい指使いとそこから繰り出されるミニモーグの刃物のような音に囚われてしまっていた。

どれだけ格好悪いと言われようと、流行りから無縁であろうと、離れられるわけがなかった。

あいつが愛想を尽かすまで食らいついてやる。

だが、その決意は間もなく揺らぎ始めた。理系の学生は学年が上がるほどに忙しくなっていく。俺と石坂がゼミやレポートに忙殺されるようになった。お先真っ暗なプログレバンドと未来に直結する学業を天秤にかけて、プログレを取るほど俺はロックな男ではなかった。気付くと鈴木は大学を中退していた。

俺は社会人になって建設会社に勤め始めた。何度か、プログレのバンドを探してメンバーに入れてもらったりしていた。彼らは例外なくプログレが大好きで、過去の名曲や魂を籠めて作ったオリジナルを演奏することに真摯だった。

だが、俺の方が抜けてしまった。彼らにキースの音は出せないのだ。ある現場で石坂と再会し、墓地の側にある洋館から流れてきたあの音を耳にするまでは、もうスティックを握ることもないと思っていた。

「お前と同じ音を出す人がいたんだよ」

「そんなわけあるか。久しぶりに連絡してきて不愉快になるようなこと言うな」

最後に連絡がとれた時、鈴木は築地にある大きな病院にいて、俺の言葉を不機嫌に聞いていた。

「体調？　大したことねえよ。ずっと弾いてたらいつの間にか倒れてたんだよ」

そうは言うが、声がこれまでになく弱々しかった。鈴木は大学を中退してから郷里の群馬に戻っていた。都会の澱を煮詰めたような外見と雰囲気をまとっていたが、実家は群馬の山近くで農家を営んでいるという。

「俺一人でもまたやるから。ケツまくったやつの音なんて聞きたくないね」

「今度聞かせてやるよ。鈴木の後ろは俺たち以外にできないぜ」

「お前のバタバタドラムの前でなんてやりたくもねえって」

いつもの乾いた声で言うなり鈴木は電話を切った。手許には、群馬から届いた手紙がある。モーグシンセの血の通った無機質な音が耳の中で鳴り始める。

大学の汗臭いサークルボックスに置いてきたはずのあの頃の思いが、また甦ってきた。

一

夏はゆっくりと過ぎていく。

学校もなく、スマートフォンの電源も入れず、バイトもしない。いや、バイトは奏弾室というピアノ教室に行っている。だがそれは働きに出向くというより、沙良という不思議な、低いハスキーボイスを持つ美しい女性に惹かれて通っていると言った方が正しかった。

カレンダーを見るとお盆休みが間近になっていた。

「佑介、ご飯だよ」

姉の由乃が部屋の戸を開けて、起きてるの、と驚いていた。

「最近は自分で起きてるだろ」

「そうだね」

姉は目を細めた。

「奏弾室へ行くようになってから、朝起きるようになったね」

ついでに言うと、時々見ていた悪夢からも解放されている。呼びに来た姉は、白いブラウスに紺のスラックスといういでたちだった。

「姉貴は何で働きに行くような格好してるの」

「今日から仕事」

「今日から……？」

佑介は自分の頭が混乱しているような気がして、左右に何度か振った。

「前の仕事辞めてから再就職まで早すぎない？」

「だって、この家にいる二人が休学と無職だとまずいでしょ」

「そんなにお金ないの」

「人間は残高があるうちしか動けないんだよ」

姉はシビアなことを言った。

「でもよくすぐに仕事見つかったね」

「まあね。頼りになる先輩が紹介してくれたから」

「先輩？」

「葦原（あしはら）さんだよ」

寂（さび）しげな笑（え）みを浮かべると、姉は階下へ下りていった。それを合図にしたかのように、窓の外から賑（にぎ）やかな蟬（せみ）の声が流れ込んできた。

頭の中の混乱はまだ収まらない。

奏弾室でピアノを習っていた女性は、姉の職場の先輩であった。二人の間に何があったのかは誰も教えてはくれなかった。姉は職場を辞め、葦原さんは会社に残った。

葦原さんは姉を聴衆として『どんなときも。』という曲をつっかえながらも弾（ひ）ききり、姉はそれを見て涙した。

姉の想いを理解しながらも応えることが出来ないと、まっすぐに伝えていた。

二人だけの朝食を先に終えると、姉は身支度を整えた。佑介は珍しく、姉を玄関まで送りに出た。

「そう言えば、仕事辞めた理由って何だったの。葦原さんのことが原因じゃなかったんでしょ?」

「うん……でも今は解消されてるから」

「どういうこと?」

「まあいいじゃない」

姉は今度はおかしそうに笑った。その顔を見て少しほっとする。細められた瞳の上には、いつもと違う色が乗せられていた。どこかで見覚えがあると思ったら、それは葦原さんと同じ色だった。

「さて、お姉ちゃんは食いぶちを稼ぎに頑張ってくるよ。佑介は今日も奏弾室に行くんでしょう? 戸締りだけはしっかりしてね。この前エアコンつけっぱなしだったよ」

そう言って姉は軽やかな足取りで新たな職場へと出発した。

一人の食卓が寂しいわけではない。テレビをつけなくても平気だが、たまたまスイッチを入れるとニュースが流れていた。谷津塚が話題になることは夏の気温くらいのものだが、この日は珍しく別の話題だった。

茶碗にご飯をよそって椅子に腰を下ろしたあたりで目に入ったのは、奏弾室のある谷津塚山だった。ここを大規模に開発するという計画が持ち上がっているという。

佑介は思わずニュースに見入った。

あの墓地の背後にある山を切り崩してアウトレットモールを建設するそうだ。

このニュースを沙良は知っているのだろうか。

それが気になった。

食器を洗い終えた佑介は、すぐに出かける準備を始めた。だが、時計を見るとまだ八時半を回ったところだ。葦原さんのレッスンが終わった後は、何時に来いとも言われていない。なので昼ごろに奏弾室のある洋館へ向かい、掃除をしたり、沙良に言いつかったことをこなすのが常だった。

どうしようかと迷っていると、居間にあるアップライトピアノが目に留まった。

もはやカバーの上に雑然と物が載っているということはない。一時はピアノの音すらも耳にするのが嫌で、音楽を聴くこともほとんどなくなっていた。テレビやネットを通じて流れてくる音楽は、佑介にとってはノイズに過ぎない。少なくともそう思うようにしてきた。

カバーを開き、臙脂色の布を畳むと白と黒の鍵盤が目に飛び込んでくる。それだけで、動悸が激しくなった。誰かがこの鍵盤に向き合うのを二度、手伝ってきた。だが、自身がこうして正面から対するのは久しぶりだ。楽譜はいくつかピアノの上に置いてある。姉がずっと続けてきたクラシックのピアノ曲の教本が並んでいる。使い込んでボロボロになった背表紙の一つをそっと引き出すと、そこにはツェルニー、と欧文の筆記体で記されていた。

この辺りまでレッスンを受けたような気がするが、記憶の向こうにぼんやりとしているだけで詳しいことは憶えていない。その隣に『どんなときも。』の楽譜が並んでいた。今は便利な時代で、多くの曲がダウンロード販売で手に入れられる。同じ曲でいくつもの難易度に分かれているものもある。『どんなときも。』はピアノの初学者にも有名な曲らしく、ごく簡単なものから相当な技術が必要なものまで五つほどに分かれていた。

葦原さんの練習していた譜面も二番目に易しいもので、ここにあるのは最も上級者向けのものだ。佑介がいる間に姉がこの譜面を弾いていたのを聞いたことはない。ためらいつつも鍵盤に指を置く。指の腹から汗が出ているのがわかる。指を下ろせば音が鳴る。それだけのことができない。結局そのまま譜面をしまってピアノに背を向けた。

二

猛々しいほどの蟬の声が降り注いでいる。

街を見下ろす山裾に広大な墓地が広がり、その周囲は雑木林となって虫たちの棲家となっていて、佑介も子供の頃はその虫たちを追ってここへよく来ていた。家からも見える谷津塚山の景色だけはいつまでも変わらないと無意識に思い込んでいた。

思った以上に自分が動揺しているのは、幼い頃の思い出の場所が壊されるから、というだけではない。奏弾室のある場所に巨大な手が加えられるかもしれない、という恐れもあることはわかっていた。

玄関先で腰に手を当てて立っていた沙良は、キャミソール姿で額に汗を浮かべていた。白く細い腕にも玉の汗が浮かび、埃がべったりとついている。首に巻いていたタオルで汗と埃を拭う。洋館の手直しをしていたらしい。

佑介がニュースのことを言うと、

「知ってるよ」

何を慌(あわ)てているのかという表情を浮かべていた。

「ショックじゃないんですか」

「アウトレットモールができるだなんていい話じゃない。それに、ニュースになったのが今日なだけで、計画自体は随分前から進んでるんだよ」

「でもそれだと奏弾室が……」

「お墓と雑木林と古い洋館しかない里山なんだから、うまく使ってもらえばいいの」

さばさばした口調である。

「私も久しぶりにお買い物に行こうかな。佑介くん、今度付き合ってよ。どうせ彼女とかいないんでしょ」

と失礼なことを付け加えた。

あまりブランドものを身に着けているという感じでもなさそうな沙良でも、そういうところは行くらしい。谷津塚からは電車で一時間ほどいったところにも別のアウトレットモールの類(たぐい)はある。

「ニュースの話よりも、どうしたんですかと訊(き)くのが先じゃない？」

「そ、そうでした。どうしたんですか」

ふふん、と目を細めた沙良は、

「ついてきて。君も見たことのないものがうちにはあってね」

二階への階段へと先に歩いていく。ふと目を上げるとすらりとした太ももが目の前に見えて、慌てて顔を下に向けた。

階段も廊下も日々掃除を欠かさないから、以前より綺麗になった。だが、長年手入れがされていない建物のあちこちには傷み(いた)が目立つ。屋根が破れて雨漏りがするということはないが、いつそうなってもおかしくないほどに古びてはいる。

「ここだよ」

廊下の奥には、佑介もまだ入ったことのない部屋がある。物置だから手をつけなくていいと沙良に言われていた。その部屋の一つの鍵が今日は開いていた。

沙良がドアノブを回すと、軋み(きし)を上げた。

「お目当てのものを出すまでに時間がかかったよ」

中を見て驚いた。そこは楽器の墓場とも言うべき場所だった。ビオラやバイオリンのケースが見える。ドラムセットやパーカッションの類が雑然と並べられて、部屋の奥にある棚までの道が作られている。

「奥の棚にある物なんだけど、一緒に運び出してくれる？」

「もちろんいいですけど……」

棚の奥の奥にしまわれているのは、一台のキーボードであった。オルガンでもエレクトーンでもない。シンセサイザーというのが正しいのだろうが、これほど古びたものを見るのは初めてだ。

黄ばんだキーボードに、ダイヤルやレバーといったアナログなスイッチが無数についたコントロールパネルがついている。昔のエレクトーンに近いといえば近かった。

「モーグっていうの」

「モーグ……」

「七〇年代に作られたシンセサイザーの草分けね」

「それがどうしてこんなところに……」

「一応市販品なのよ。今でもプロのミュージシャンで使っている人はいるし、改良を重ねながら新製品も出たりしているのよ。これはミニモーグっていうシンセサイザー。各種モジュールとキーボードが一体となった普及型」

シンセサイザーはもちろん知っているし、通っていたピアノ教室の合同発表会で扱ったこともある。だが、モーグというシンセは初めて見た。

「色んな音が出るんですよね」

佑介が知るシンセは、鍵盤でありながら管弦や打楽器の音を自在に奏でることができるという電子楽器だ。

「そういう楽器じゃないんだな」

埃を拭いた沙良が端を持つように言う。鍵盤の下に手を掛けて持ち上げると、ずっしりと重さを感じる。

「二十キロくらいあるからね。さすがに一人では持てなくて」

「どこに持っていきますか？」

「レッスンルームまで」

ということは、これから来る生徒さんがこれを使うのだろうか。

「違う違う」

私が弾く、と言ったので佑介は驚いた。

「ライブでも？」

「まあね」

沙良は自分でも音がわからない、と言っていた。

「わからないけど、お手本があれば弾けるの。やってみる？」

「僕は弾かないですよ」

シンセサイザー越しに佑介を見つめた沙良は、一つため息をついた。

「この前の葦原さんの演奏を見て、ちょっと心が動いたと思ったけど」

「心は動きましたよ」

レッスンルームに入ると、モーグを置くためのラックが既にセッティングされていた。ラックは二段になっていて、下の段にあるのは日本のメーカーが販売している最新式のシンセサイザーだ。

「これと合わせるんですか……」

新しいもの二台の方が音にしても機能にしても良いように思えたが、沙良はそうは思っていないようだった。ラックに置くと、沙良は色々とコードを繋ぎ始めた。だがそこまで詳しくないようで、電源を入れても音が鳴らない。

「佑介くん、そっちのコード繋げてくれる？」

と言われてもたもたしていると、沙良がこちらへ来た。

すっと背筋が伸びるように爽やかな、しかしどこか甘さもある香りだ。ただ、初めて出会った時とは違うような気がしていた。

「同じだよ」

不意に沙良が言ったので、佑介はぎくりとして一歩下がった。

「お、同じって？」

「君が初めて来た時と、つけてる香水は同じ」

匂いを感じていたことを見透かされて、佑介は焦（あせ）った。

「焦ることはないよ。香りは表に出しているものなのだから、それは服装や表情と同じ。生徒さんに対して悪い印象を与えることなく、練習に集中してもらうためのものだから。いくら嗅（か）いでもらってもいいのよ」

とキャミソールをぱたぱたと振った。

「ちょ、止めて下さい」

沙良はいたずらっ子のような顔をしてコードを繋いで電源を入れると、佑介から離れてピアノの前に座った。

三

「佑介くん、ちょっと音出してみてよ」

「弾きたくないです」

「弾けとは言ってないよ。鍵盤を押して音が出るかどうか確かめて欲しいだけ」

肩に力を入れて返した自分を内心恥じながら、鍵盤の前に立つ。やはり指先にじっとりと汗が浮かんでくるのを感じる。沙良は温かいのか冷たいのかよくわからない目でこちらを見ている。

Cの和音を鳴らす。ドとミとソの基本中の基本のコードだ。だが、音は一つしか鳴らない。

「……これ、壊れてます」

「壊れてないよ。そういうシンセなの」

管楽器ならともかく、鍵盤楽器は複数の音が同時に出せてこそだと思っている。

「単音だっていくらでも曲は奏でられるよ」

「それはわかりますけど……。これ、本当に沙良さんが弾くんですか」

「そういうご依頼だからね。譜面通りにでなら何だって弾けるよ。機械より正確」

教える以外の仕事も受けるんだ、と佑介は興味深く思った。

佑介は思わず首を傾げた。

「でもそれって、ピアノの先生としては……」

「そりゃあコンクールに出ようって生徒さんは見られないよ。音の正誤しかわからない私がそんな生徒さんを見るのは失礼だし。でも音楽に触れよう、ピアノを弾こうと思っている人の全てが競技的なものやプロの位置を目指しているわけじゃない」

「……わからないことを訊かれたら？」

「指使いや体の様子を見ていれば、どこが悩みかくらいわかる。あとは生徒さん自身の心がどこに向かうか見守るだけ」

沙良は汗を拭ってミニモーグの前に立った。そして、

「罪な楽器よね」

と呟いた。

「ピアノの形をした楽器が電気の力を得た時、その悲劇が始まったのよ。ギターもそうだったかもしれないけど、ギターは基本的にギターの延長にある音しか出ない。ハモンドオルガンもやっぱりパイプオルガンの発展形なの。でも、シンセは全く違う世界を広げてしまったのよ」

「何だか難しいこと言いますね」

「多すぎる選択肢は人を幸せにもするし、不幸にもする」

ゆったりと指を下ろす。やがて流れてきた音は、のんびりとした旋律だった。

「カントリーっぽいですね」

「ど真ん中のカントリーよ。アメリカのアーロン・コープランドっていう作曲家の作

品。南部や西部の人々が仕事の中で奏でてきた音楽がもとになってるの」

広大な農場や牧場が太陽に照らされている。その中を馬蹄の音がゆっくりと進んでいくのが瞼の裏にありありと浮かぶような曲調だった。メロディーは単調で、どこか眠気すら感じさせる。

「でもこういう曲、わざわざ古いシンセサイザー引っ張り出して演奏しなくても良くないですか」

シンセというよりもバイオリンやバンジョーの音色が似合うような気がしていた。

「確かに、原曲のテンポならわざわざモーグを使うことはないかも。でも曲にはアレンジというのがあってね」

「それくらい知っています」

アレンジ、編曲は音楽に第二の命を与える作業だ。バラードをロックに、スローな曲をハードに変える。その時、玄関から呼ばれる声がした。今日の生徒さんかと思ったら、沙良はちょっと楽しそうな顔をした。

「佑介くん、代わりに出てくれる?」

「いいですけど……。誰ですか?」

「ここをアウトレットにしようっていう会社の人」

「悪徳建設業者ですか」

「悪徳かどうかは知らないけどね。別に悪いことをされているわけじゃないし、彼らは彼らで仕事をしているのよ。今日は仕事で来るって連絡が来ていたのを忘れてた」

「今日は？」

「いいから早く出て」

そうは言いつつ、楽しげな表情は変わらない。

「私が留守をしていて、わからないって言ってればいいから」

仕方なく、応対に出る。そこにはスーツ姿の太った中年男と、作業服姿の背の高い若い男が立っていた。スーツの男はこの洋館に入るのは初めてらしく、もの珍しそうに建物の中を眺めまわしている。

玄関ホールに出ると、作業服の男が不思議そうな顔をした。佑介が名乗り、沙良が留守であることを告げると、一瞬残念そうな表情を浮かべてすぐに消した。

「この建物の管理をしている松田先生には、いつもお世話になっております」

スーツの男はラフな服装をしている若い佑介にも丁重な挨拶をして名刺を差し出してきた。名刺には大池建設用地課課長、谷津塚アウトレットモールＪＶ統括主幹補、石坂太一と記されている。

「松田先生には前々からお会いしたいと申し入れさせていただいていたのですが、なかなか時間が合わずでして。今日はこちらの松本が工事のスケジュールをご説明に上がるということで、同道させていただいたのです」

この話しぶりからすると、この洋館の持ち主は、売却することにもう同意しているらしい。でもそれなら、なおさら沙良が直接話をした方がいい。

「僕はバイトなので……」

困ったように言うと、二人は顔を見合わせた。

「いつお戻りかわかりますか」

「今日は何時に帰るとは聞いていませんが、レッスンまでには」

「明日は？」

さあ、と僕が首を傾げると、石坂は表情一つ変えない。

「このままでは、この建物を残して工事を進めることになります」

意味がわからないままでいると、

「秋葉さんは何かお聞きになってはいませんか？」

松本は柔らかい口調で訊いてきた。この人はにこやかで物腰も丁寧だが、目が全く笑っていない。事情を説明しようとする彼を石坂が止めようとしたが、

「時間がないんだ」

暗く、厳しい声で拒んだ。

「時間がないというのは……」

怖いもの見たさで訊ねてしまっていた。

「ここにアウトレットモールを作るという話はご存じですか？」

「ええ、再来年の春に開業とニュースで見ましたが……」

そうです、と石坂は頷いた。

「谷津塚山周辺の地主さんたちは比較的すんなりと土地の売却に同意して下さった。街の中心からもバイパスからも離れていて、この先も値が上がる見込みのない土地です。おまけに大きな墓地もありますからね」

そこで大きな商社と建設会社が組んでアウトレットを計画し、相場よりもかなりいい条件を持ち掛けたのだという。

「この洋館の地主さんはね、ここを私たちに任せて下さる前に一つだけ条件をつけたんだ。ここのことは松田沙良さんに全てを委ねている。彼女がよしとするなら、すぐにでも契約書に判を押そうってね」

「沙良さんは、どう言ってるんですか」

「もう少し待って欲しい、と仰(おっしゃ)っている」

「何故ですか」

「それはわからないと松本から聞いています。だからこの計画の中枢(ちゅうすう)にいる私が直接お話を伺えたらと思ってまいりました」

奥に沙良はいる。今日石坂たちが来るとわかっていて、やはり会いたくないのだ。目が笑っていない建設会社の社員が苦手なのかもしれないが、だからといって逃げを打つような人にも思えない。

「あの、聞こえましたか？　この館から流れるピアノの旋律です」

二人は顔を見合わせ、頷いた。

「そういえば、初めて伺った時にラ・カンパネッラが聞こえたな」

有名な曲で佑介ももちろん知っている。しかし、自分にはわからなかった。そんなことを考えていると、石坂たちは頭を下(さ)げて帰っていった。窓から様子をうかがっていると、二人は門のところで振り返り、しきりに何か話し合っているようだった。

四

「行った？」

佑介がレッスンルームに戻ると、沙良は黒いポロシャツに細身のデニムという姿に変わっていた。窓からちらりと外を見ると、カーテンを閉める。

「沙良さんはここを明け渡すの、反対なんですか」

「別に」

沙良は教室の隅(すみ)に置かれているテーブルの上に冷たい麦茶を用意してくれていた。

「反対も何も、この土地も建物も私のものじゃない」

「沙良さんの同意がないとここは取り壊せないって」

「別にそんなお気づかい、いらないのにね」

「かといって、すぐにうんと言う気もない」

「まあね」

珍しくぐいっと口角(こうかく)を下げてみせた。

「ここは気に入ってるもの。ここには私の音が聞こえる人だけがやってくる。音を必要とする人だけが鍵盤に、楽器に向き合おうとしてくれる」

「じゃあ嫌だって言えばいいじゃないですか」

「居候みたいな分際でそんなことは言えないわ」

凛としていながら飄々としたハスキーな声に、影が差したような気がした。窓の外から流れ込んでくる蟬の声は、蜩の物悲しいものへと変わっていた。

「ともかく、佑介くんは気にしなくていいから。あ、この後しばらくしたら、レッスンを受けに来る人がいるから」

「じゃあ俺はこのへんで」

「今日は人数がいるから、レッスンルームにいて」

わかりました、と頷いて部屋の隅に立つ。レッスンルームの端にはレースで隠した一角があって、そこに楽譜が多くしまわれている棚が置かれていた。

窓ぎわに立って、沙良はただ黙っている。問われることを拒んでいるわけではなさそうだったが、何を訊ねていいかよくわからない。何とか、

「今日来る生徒さんは、どんな人なんですか」

生徒の詳しいことは言えないのは当然だが、人となりくらいは教えてもらってもよかろう、と質問を捻り出したのである。

「会社員の人よ。男性」

「その人がこのシンセを？」

「それは私が弾くんだってば」

時計が七時を回って、あたりがすっかり暗くなった。蜩の声もいつしか途絶え、秋の気配を感じさせる虫の声がわずかだが聞こえ始めている。

彼女と同じ空間にいるのは、佑介にとって心地よい時間だった。

沙良は佑介がいようがいまいが、気にすることはなかった。ぼんやりと窓の外を見ていることもあれば、何か曲を奏で出すこともある。知っている曲も知らない曲もあった。譜面まで覚えている曲については、機械のように正確に弾いている。

それが「良い」演奏なのかはわからない。他の人の演奏のように、感情が色を伴って見える、ということはない。

そしてひとしきり弾き終わると、またぼんやりと天井や窓の外を眺めて何か考え込んでいる。思い出したようにヘッドホンをつけ、何か熱心に聴いていたりもする。沈黙も饒舌も得意ではない佑介も、沙良との間に流れる静かな時間が嫌いではなかった。

そんなことを何周か繰り返した後、沙良は大きく伸びをした。

「季節は容赦ないねえ」

　のんびりとした口調で沙良が言った。

「今この瞬間は今しかないなんて普段は誰も思わないけど、自然はこうして教えてくれているのよね。演奏をしていても、その音が出るのはその瞬間でしかない。全く同じ音は決して出ないいんだけど、人は一番いい時の音を再現しようとして苦しんだり悩んだりする」

「シンセなら同じ音が出るんじゃないいんですか」

「本当にそう思う？」

　挑むような目つきを、沙良はした。

「だったら皆もうちょっと楽できるんだろうけどね。電気仕掛けだろうとやっぱり楽器は楽器なんだよ。人が弾く限り、その人の音が出る」

　その目はミニモーグを見ていた。

「誰かの音なんて出せないいんだけどね」

　時計を見てミニモーグの電源を入れる。

「でも依頼とあればやるしかない」

「……誰かの代わりに弾くってことですか」

「そ！　代役はあまりやらないけど、今回はちょっとやる気になってね」

そうしているうちに、玄関に人が入ってくる物音がした。応対に出ると、先ほど工事の話をしに来ていた二人が立っていた。

五

松本も石坂も、仕事着ではない。ラフだが下品ではないシャツを身に着けている。松本は穏やかな表情で僕に向かって会釈をしたが、石坂はきょとんとしていた。彼は黒いギターケースを背負っている。

「まさか特別なメンバーって……」

「ここの先生」

「おい、まじかよ」

石坂は頭を抱えている。

「一応仕事で関わりのある人だぞ。何でさっき言わなかったんだよ」

「仕事だからだよ」

「ハンコ押させるための方便か？」

「そんなんじゃない。あいつの代わりが務まるような人間はそうはいないって、お前もわかってるじゃないか。それにミニモーグも持ってるって」

先ほどは石坂の方が上役っぽく振る舞っていたが、もともとは友人であるらしい。

「あいつと同じ音が出せるなんて、信じられん……」

石坂は困ったような笑みを浮かべて僕を見て、ぺこりと頭を下げた。

「松田先生はいらっしゃいますか」

「ええ、奥でお待ちです」

洋館の中は照明の数も少なくて薄暗く、一歩ごとに廊下の板がぎいぎいと音を立てる。佑介はもう慣れたが、二人は気味悪そうにしていた。

「こういう建物も最近は減ったな。リノベして今風にして旅館やレストランにするなんて仕事を何回かしたけど、ああいう仕事のほとんどは表だけが同じで中身はまるで別物だ。魂が変わってしまうんだ」

石坂の言葉を聞いて松本はくすりと笑った。

「あいつみたいなことを言うじゃないか」

「いいだろ、別に」

仕事の時とは随分表情が違う。大人なんだな、と僕はふと思った。

「本当に、あの曲ができるのか？」

「できるよ。練習、してきたんだろ」

石坂はそれを受けて鼻で笑った。

「まっちゃん、同じ曲をやればいいってわけじゃないぞ？」

「そういうお前はどうなんだよ」

石坂は大きなギターバッグを揺すって自信ありげな顔をした。

「いきなりセッションするのか？　あの曲はせえので合わせられるようなもんじゃないぞ。あいつに聴かせるならそれなりの準備が必要だろ？」

「もう時間がない」

松本の言葉は昼間に聞いたそれよりもずっと切迫（せっぱく）していた。石坂は俯（うつむ）いてしばらく黙っていたが、そうだな、と頷いた。レッスンルームには沙良が待っていて、来客を静かな表情で迎えた。

遠くで雷（かみなり）の音がしている。

「あのミラノでのライブ映像みたいだ」

松本が窓の方を見て呟き、ドラムセットの前に座る。

「ミラノ？」

佑介が訊ねると、後で動画を検索してみるといい、と松本は言った。

「一九七三年、ＥＬ＆Ｐはミラノでライブを行っている。その時の映像を昔の仲間に見せられたんだ。そのせいで、いまだにプログレから離れられないでいる」

そして、石坂がベースをアンプに繋いで肩にかけた。指を温めるためのアルペジオを何度か繰り返し、大きく息をつく。今回も自分が聴衆なのだろうか、と佑介が考えていると、石坂が一度ベースを下ろし、タブレット端末をテーブルの上に置いた。

カメラがこちらを向いて録画を示すランプがついている。

「何かの記念なんですか」

「記念か……そうかもね。どちらかというと祈る方の祈念とも言えるけど」

松本が指先でスティックを回しつつ、優しい口調で言った。何に祈るというのだろう。それに、何かを祈るのにカントリー調の曲は似つかわしくないような気もする。

だが、準備を整える三人の表情は徐々に引き締まったものへと変わっていく。真剣というか、敬虔に見えた。

「キース」

石坂がタブレット端末に向かって声を掛けた。

ネットを通じて、音声がある人に向けられているようだった。

「聞こえるか」

佑介はタブレットに耳を近付けた。微かに息遣いが聞こえているようだったが答えはない。

「始めましょうか」

沙良が言った。石坂が肩に掛けたストラップを直す。ドラムの松本がスティックを叩いて演奏が始まるのかと思えばそうではなかった。二人とも沙良を見ている。右手を上段のミニモーグに、左手を下段のコルグのシンセに置いている。

微かに上体を揺らし始めた沙良の右手がわずかに動く。スピーカーからサイレンのような、強烈なリバーブのかかった音が響き渡る。その音が四度繰り返された後、猛烈な速さで繰り出されたのは、間違いなく以前聴いたことのある音だった。

牛たちを追う牧童たちの掛け声。広大な農地に鍬を振り下ろす男たちの陽気な歌声が広がる景色を感じる。だが、それは最初だけだった。

旋律はどんどん加速していく。沙良の白い指がミニモーグの上を走り出す。単調だが独特の味わいのある柔らかな音色がその速度を伴うと鋭さを帯び始める。

佑介は呆気に取られていた。

三人の奏でるのは、まさに音の暴風だった。松本のドラムと石坂のベースは、キースが聴いているタブレット端末に嵐となって吹きつけている。弱っている友への悲しみと激励する強さを伴っていた。その中で、沙良の音だけが透き通っていて、何の色も感じられない。

　これはカントリーミュージックではない。ロックやトランスなどとも全く違う音楽であった。メロディーが一巡し、沙良が二人をちらりと見る。瞳に妖しい光が宿り、さらに速さを増す。石坂のベースは安定しているが、松本の少しバタついたドラムは遅れがちになっているように思えた。だが、額に汗を浮かべ、歯を食いしばってついていく。

　沙良が言っていたように、ミニモーグは和音を出すことができない。その代わり、猛烈な速さの演奏を受けて異様な迫力を発揮していた。

　曲は佳境に入っていた。

　キーボードのソロパートはあくまで陽気で、オクラホマミキサーの旋律を取り込んで踊りだしたくなるような軽やかさだ。沙良の頬を汗がつたう。体の揺れが大きくなり、揺れが波となって指先へと伝えられていく。

　曲はラストに近付いているのだろう。

　暴れ牛のような最後の加速を見せ、シンセとベース、そしてドラムの音が一つに集束し、やがて曲は終わる。三人はしばらく動きを止めていたが、僕が手を叩くと顔を見合わせてにこりと笑った。

石坂にも松本にも、昼間見た顔色の悪さも疲れも感じられない。ただやりきった後の爽快感(そうかいかん)に満ちていた。

「キース、聞こえてるか」

石坂が言った。その頬には涙が流れていた。

「これが俺たちの音だよ……」

その先は言葉にならなかった。僕はタブレット端末に耳を近付けた。微かに聞こえていた機械音が聞こえなくなっている。ばたばたと慌ただしい気配(けはい)がしばらくしたかと思うと、通話アプリが切れた。

沙良が汗を拭き、一つため息をついた。

「先生」

松本がドラムから立ち上がり、頭を下げる。

「凄かった。キース……鈴木の演奏、いや、あいつが憧(あこが)れてやまなかったキース・エマーソンのプレイを間近で見ているような迫力でした」

沙良は黙って聞いていたが、

「コピーは得意なんですよ」

と穏やかに答えた。

「昔を思い出しましたよ」

石坂はベースをケースにしまいつつ言った。

「大学時代、鈴木の演奏レベルが高すぎてなかなかついていくことができなかった。俺たちはあいつと音楽をやるのは二度とごめんだと思っていたし、まっちゃんの顔すら見たくない時期があったんですよ」

でもね、とベースを担ぐ。

「あいつとまっちゃんと、マイナーなプログレなんかにはまって、壮大な音楽と自分たちの技に酔いしれた日々ほど素晴らしい時はなかったけど、鈴木は俺たちを馬鹿にしていると思ってたんだ。でも、そうじゃなかった。同じ音はもう出せないんだって、あいつは言った時、心底悲しかったんだな。もう一度やりたかったんだなって。でも、その未練は潰してやったよ」

涙を流して一つ笑うと、石坂は去っていった。松本は黙々とドラムセットを片付けている。

「あいつには心残りなんかないと思ってました。誰よりも偉そうでね。でも誰よりも自分たちの演る音楽を愛してた。あいつを受け入れる世界は今の日本にはなくて、あいつも世間に合わせる努力をしなかった。それで体を壊したんだから、自業自得ですよ」

　怒りを含んだ声で言う。

「音楽の道に進むんだって、俺たちに相談もせず大学を中退して、死にそうになってから連絡してくるなんて勝手なやつだよ。最後にあの時の音を聴きたいなんて、自分が俺たちを捨てていったくせに、ね……」

　松本は片付けを終えると、沙良に向かって深々と頭を下げた。

「同じ道具を使って同じ譜面を演奏しても、人によってその音の色は全く違う。違う言葉で語りかけてくる。そして俺にも、あなたの音が伝わってきたんです……」

　松本はじっと沙良を見つめた。

「もう少し、ここにいたいんですね。鈴木のように、俺たちのように、やり残したことがある。この場所で」

　沙良は答えなかった。

「本格的な工事はもう少し先になるかもしれません。出てはならないものが出てしまって」

　沙良が何かを訊ねると、二人は顔を見合わせやがて口を開いた。

「人骨が出てしまいましてね。捜査に時間がかかるかもしれない」

レッスンルームの扉まで進むと、松本は振り向いた。

「あなたの音、本当に素晴らしかった。キースの音を初めて耳にした時のような驚きがありましたよ。その心残りも、いつか消えるといいですね」

玄関の戸が開き、松本の姿が遠ざかっていく。

「良かったですね。工事が始まるの、先になって」

佑介が言うと、どうだかね、と沙良ははぐらかした。そして、

「音がわかる人には敵（かな）わないよ」

と佑介の首に手を回し、すぐに離して部屋を出ていった。顔の周りに沙良の香りがずっと残っているようで、佑介はしばらく動けないでいた。

第四話

六つの小品

※

開(あ)け放った窓から涼風は入ってこない。歯ぎしりに似た虫の声だけが聞こえてきて、網戸の外にはもったりと熱を帯びた空気が澱(よど)んでいるばかりだ。

エアコンの室外機の唸(うな)りが振動と共に伝わってくる。低い不協和音は聞いているだけで気分が悪くなるが、空調を入れることもできない。そもそも、この部屋に空調はない。

「小塚(こづか)さん、あそこで幅をとってるもの、手放されてはどうですか」

今日の昼、この部屋を訪れた市の生活保護課の若い男は、冷ややかな目を居間の一隅に向けた。近所の誰かが通報したことはわかっている。確かに、行政からの支援を受けて暮らしている自分にとっては、ぜいたく品だ。

「あれは……大切なものなんです」

キッチンと居間しかない、いわゆる1Kの古いマンションだ。福祉対応で生活保護の世帯にも貸してくれる物件の中は狭く、白っぽく乾いている。確かに、そんな部屋には似つかわしくない代物だ。

「ピアノは資産になるので、保護を受けるにあたっては処分してもらわねばなりません」

「古いものなので、売ってもいくらにもならずで……」

嘘をついているわけではなかった。どうにもならなくなった時、彼女はピアノを売ろうとした。だが、何年も手入れされず、汚れたピアノに良い値段がつくことはなかった。

「ご主人とは連絡がとれないのですか？」

「はい……」

「手を貸してくれるご兄弟とか、お子さんとか」

「縁を切られているので……」

聞こえよがしに大きなため息をついて、役所の男は出ていく。鉄のドアが軋んだ音を立てて閉まった。

前に住んでいた家からピアノを運び込めたのは、債権者の「温情」だった。突然姿を消した夫には、多額の借金があった。経営していた家具の製造販売会社が十数億の負債を抱えて倒産し、その債務の保証を夫が個人でしていた。

「奥さん、すまないね。こっちも仕事なんで」

既に銀行も運転資金を貸してくれなくなり、最後は父の代から付き合いのあった闇金の男が金を出した。当然返済できるはずもなく、夫は姿を消し、一代の間に築き上げた財産も消え去った。闇金の男は銀行の間をうまく立ち回って己の取り分をしっかり確保した上で借金を消す算段まで整えてくれたが、彼女の手許からは全てが失われていた。

「娘さんがいただろ？」

闇金の男の見た目はごく堅気に見えたが、黒目が異様に暗く、気味が悪かった。

「数年前に家を出て行きました……」

「若い娘なら稼ぎようがあるんだがね」

娘が親に愛想を尽かして出ていってくれて本当に良かった、と小塚香苗は心から思った。

「あの……夫はどうしているのですか」

「こっちが訊きたいよ。あんたは俺がご主人を山にでも埋めたと思ってるかもしれないけど、債務者を山に埋めても面倒しかないからな。俺たちが山に埋めるのは借金を焦げ付かせたやつじゃなくて、借金をなかったことにしようとする輩だけだ」

闇金は大判の封筒を香苗に手渡した。

「生活保護の手順と必要な書類ですわ。あと、思ったより取れたんで、気持ち入れておきます。ご主人はケツまくって逃げましたけど、奥さんに罪があるわけじゃないんでね」

がらんとした邸宅に、アップライトピアノだけがぽつんと残された光景を鮮明に覚えている。これだけは、と頼みこんで残してもらったのである。

「これくらいのお屋敷なら、どうしてグランドピアノにしなかったんですか」

闇金の男は家を値踏みしに来た際、不思議そうに言ったものだ。

「それは……限度を超えていると思ったからです」

小塚香苗の夫、久勝は、一代で会社を大きくした立志伝中の人であった。もとは家具工場の若き職人であった彼と、その会社で事務員だった香苗は恋に落ち、やがて結婚した。本来無口で不器用な人柄であった久勝が独立して高級家具の販売会社を立てて大きくしていく様を、驚きの目で見ていた。

「ほどほどにしておきましょうよ」

何度かそう言ったことがある。

職人としての久勝の腕は確かなものだった。若くして一人前の仕事を任せられ、客や上司からの評価も高かった。そのまま腕を磨いていれば食いはぐれることは考えづらかった。

「箪笥や机を作って名があがるか？」

それが久勝の答えだった。

「会社を持てば、そこから出荷する全ての商品に俺の名前がつく」

確かに家具は美術品と違って生活に密着したものだ。どれほど高級品であっても職人その人の名が人々の記憶に残ることは少ない。

「でも……」

世の多くの仕事がそうだ。誰もが表に名が出ることなくその務めを果たしている。

そう言いたかった。公務員の娘だった香苗は夫の拘りが理解できなかった。

ビジネスのことは良くわからないが、夫の独立は当初うまくいった。

「お金を出してくれる人がいるんだ」

「出してもらったら返さなきゃいけないんでしょ」

「それ以上に稼げばいいんだよ。俺はな、答えが欲しいんだ。お前は一流の男だ。頑張ったっていう答えを世間から得たいんだよ」

　金を借りる、ということ自体が彼女にとっては後ろめたさを感じさせる行為であったが、月ごとに増えていく収入を見ているうちに、夫が言っていることもあながち間違ってはいないのか、とも思い始めた。

　娘が二人生まれ、一人は早くに世を去った。

「この子には最高の環境を与えてやりたい」

　久勝はそう言って、残った娘、美嘉の教育の金に糸目をつけなかった。三歳になって名門の私立幼稚園を受験させ、その前から幼児向けの塾にも通わせた。

「俺にできるのは仕事をして金を持ち帰ることだ」

　と子育てには全く参加してくれなかった。だがそれは別におかしなことだとも思わなかった。香苗も父が家にいた記憶があまりなかった。公務員ではあったが夜の付き合いが盛んな方だったし、週末は大抵ゴルフだった。

「ピアノを買おう」

久勝が言い出したのには驚かなかった。ただ、一千万円もするようなグランドピアノというのにはさすがに反対した。

「一流に触れなきゃ一流になれないだろ」

「別にプロのピアニストになるわけじゃあるまいし」

「大きくなってそう望んだ時に、道の入口に立てるようにしてやるのが親じゃないのか。それにさ、年寄りになって娘のピアノが聴けるなんて最高の贅沢だよ」

この時も、香苗はそういうものかと納得しかけた。だが、グランドピアノだけは家に入れたくなかった。分相応の範囲を超えているとしか思えなかった。

香苗も幼い頃からピアノを習わされていた。家にアップライトピアノがあって、お稽古に通うことが珍しくなくなりつつあった時代に育った。そんな彼女の何よりの憧れが、グランドピアノだった。

教室にもあるにはあったが、上級者であったり、コンクールに出る生徒のためのものだったし、発表会場にあるスタインウェイは特別な輝きを放っていた。それほどのピアノを家に置くのは、冒瀆であるような気がしたのだ。

「わかった」

思わぬ妻の反論におされ、久勝は引き下がり、代わりに手頃な値段のアップライトピアノを購入したのである。

「なるほどねえ」

闇金の男は一言断って煙草に火を付けた。

「分を知るのは長生きの秘訣だ。分を知るやつは金を借りたりしない。でも己の分を破ろうとして、時には大きな借金を背負って勝負しなきゃでかくもなれない。ま、奥さんは社長のいいブレーキ役だったんだと思いますよ」

「止められなかったんですけどね……」

「奥さんのせいじゃない。家族はいうなれば一台の車だ。エンジンがあってブレーキがあってハンドルがあって。車体の大きさは色々だけど、そのバランスがうまくいってるとよく走る。そうじゃなきゃ事故るってだけの話ですよ」

男は煙草を消して立ち上がる。

「ピアノ、お望みのところに運んであげます。新しい家が決まったら連絡をください。家の引き渡しも次の家が決まってからで結構です」

礼を言いかける香苗を男は止めた。

「借金取りに頭を下げるのは、自分の品位を下げることになりますよ」

だが、歩み去る男の背中に向かって香苗はやはり頭を下げたのであった。

一

夏休みは半ばを過ぎようとしていた。佑介は洋館の二階の窓から顔を出して、空を見上げていた。いつものように洋館の掃除をしていると、一時間や二時間はすぐに過ぎた。初めて来た時には、昼間でも幽霊屋敷のように不気味だったのに、差し込んできた陽光が古びた廊下を照らすのも趣があるように思える。

「あれ？」

洋館と墓地を隔てる木立の中を、誰かが横切ったような気がした。

奏弾室の洋館がある谷津塚山の周辺では開発計画が持ち上がっている。そのせいで建設会社の人間が周囲に現れることがあった。そうかと一人納得して、また窓枠にもたれかかる。

階下からは沙良の奏でるピアノが聞こえてくる。シンセを使った疾走するようなプログレッシブロックも悪くないが、やはり沙良がピアノを奏でているとほっとした。いつしか佑介はピアノを聴くことに、以前ほどの抵抗を感じなくなっていた。もちろん音の正誤は全力で集中しないとわからなかったが、以前ほどの苦痛は感じない。

そして彼女の音にほっとできるのは、そこに何の感情も感じられないからだった。佑介は奏弾室に来てから、音に乗せられた感情が色として見えるようになった。だが、沙良の音色は透明なままだ。

演奏は続いている。

曲名はわからないが、西洋のクラシックともポピュラーとも違う。叙情的で、それでいて異国の風景が遠くに浮かぶような気配を伴っていた。

「ラフマニノフよ」

演奏を終えて二階に上がってきた沙良はそう言った。セルゲイ・ラフマニノフの名はピアノ弾きの間では名高い。ロシアに生まれ、西洋とロシアの音楽が交わる場所に自らを置いて、多くの名曲を遺した。

「弾いたことない？」

「名前しか知らないです」

「ラフマニノフの楽曲はコンクールの課題にもなるんだよ」

「あんまり憶えてないんです。嫌な思い出が多すぎて」

沙良は佑介の肩に手を置いて小さく、ごめん、と言った。

記憶からほとんど消しているのだから、別に苦になっているわけでもない。

「それより。奏弾室もうしばらく続けられるんですか」

工事現場で人骨が見つかったせいで本格的な着工までいま少し猶予がある、ということになっていた。

その問いに沙良は答えなかった。そうみたいね、とすぐに返ってくるのを予想していた佑介は、肩透かしを喰らったような気分になった。

「何かを訊ねる時に、答えをあらかじめ決めておくのは感心しない」

言い当てられて佑介は焦った。

「そんなつもりじゃ……」

沙良はノースリーブ姿で佑介の横の窓枠にもたれた。

「期待通りに答えるのも、そこから外すのも一つの技法……」

「ピアノの話ですか」

「演奏は奏者と聴衆の対話ともいえる。聴衆は答えを知っているつもりでいる。発表会、コンクール、コンサート、曲目が事前に知らされていない方が少ない」

確かにそうだ。聴衆は演奏を聴きにくる際、演目を目当てにしていることも多い。

「奏者の方が不利だと思わない？　相手は手の内を知っている」

「確かに……」

「でも、壇上にいるのはあくまでも曲を奏でる人。客席ははるか頭上にあったとしても、舞台の上を仰ぎみている」

とん、たたたん、と窓枠の上を白い指が走った。

「舞台の上って素晴らしい」

たた、たたたん、とさらに走って止む。

「沙良さんは舞台の上が好きですか」

「好きだったね」

窓枠の上に止まっている指は透き通るように白かった。柔らかそうだが、その中に強靭な芯が通っている。しなやかさと強さと、そして柔らかさを秘めている。

「私はね、舞台を勝負と思っちゃったのよね。演奏は奏者の武器。それで聴衆や審査員をねじ伏せてやるんだってずっと思っていた。だからそうしてきたし、そうしてこない人を見ると許せなかった」

あくまでも穏やかな口調だ。しわしわと蟬の声が木立の中から響いている。その音を受け止めるように両手を広げた。

「でも、音楽は誰かをねじ伏せるためのものじゃない」

佑介もかつて音楽にねじ伏せられた。いつも苦痛だった。音がわからないと言われ続けて、自分の奏でているものが良いものなのかがわからなくなり、そして世界に満ち溢れている音楽に対して耳を塞ぐようになっていった。ここに来るまでは、そうだった。

「ねじ伏せるということは、答えを押し付けようとすること」

「答えを、押し付ける……」

「奏弾室に来る人は、みんな答えを探してる」

「沙良さんには答えが見えるんですか」

「もし見えたと思ったのなら、それは幻。傍観者が勝手に組み上げた都合のいい答えでしかない。本当の答えはその人の心の中にあって、白と黒の鍵盤と向き合うことで紡ぎ出されていくだけ」

沙良は佑介をじっと見つめた。

「ね。次の生徒さん、初めから佑介くんが担当してみない？」

「譜めくりだけじゃなくて、ですか？」

「そろそろ触れてもいいと思うの。佑介くんがどんな答えを導けるのか。はじめにこの人の答えは何かを決め付けずに」

一人の若い女性が墓地と洋館を隔てる木立を抜けてくるのが見えた。奏弾室のある洋館を見上げて驚いたような表情をしている。僕はふと不審に思った。

「ここに来る人は、ピアノの音色が聞こえたと言っていました」

「そうみたいね」

「沙良さんの演奏が引き寄せてるんですよね」

「こら」

答えを決め付けない、と沙良はたしなめた。

「もっと恐ろしい者が奏でている音を聴いているのかもよ」

おばけを表現するように両手を上げると、沙良は階段を下りていった。佑介も汗を拭(ぬぐ)って服装を整える。整えるといっても、綿のパンツにポロシャツといったカジュアルなものだ。

やがて、洋館の扉が開かれた。小柄なふっくらした顔つきの若い女性が立っている。

「すみません。ピアノが……『ラ・カンパネッラ』が聞こえて、どうしても気になってしまって」

白いブラウスにデニム姿の沙良が、

「ようこそ奏弾室へ」

と笑顔で声を掛けた。

二

「音が聞こえてここまで来たことに、意味があるのです」

戸惑(とまど)っている若い女性に沙良が声をかけると、きょろきょろと周囲を見回した。

「下の墓地にお墓参りに来ていたんですが……」

お盆の時期なのでいつもより人は目につくが、それでもここまで上がってくる人は稀(まれ)である。佑介も試(ため)してみたが、普通にピアノを弾いて聞こえる、という感じではない。

「谷津塚に長くお住まいなのですか」

沙良が緊張をほぐすように訊ねた。

「ここが生まれ故郷で、今は都内に住んでいます」

「お盆で里帰りすか？」

「まあ、そんなところです」

何故(なぜ)か言いづらそうな口調だった。

「事情は別におっしゃらずとも構いませんよ」

「あの、ともかくすみません！　勝手に中に入ってしまって」

女性はいきなり慌て出す。夏らしい爽やかな品の良い青いワンピースの裾が揺れた。

「私たちが歓迎しているのですから」

沙良が苦笑すると、さすがに落ち着きを取り戻した。

「良かったらお茶でもどうですか」

「いいんですか？」

女性は小塚美嘉と名乗った。そして客間に入った時、ふと不思議そうな表情を浮かべた。佑介も少し違和感を覚えた。

「ソファ、新しくしたんですか」

「テーブルもね。いい職人さんと知り合って」

沙良は来客に座るよう促した。

「それにしても、こんな素晴らしいお屋敷は久しぶりに見ました。昔住んでいたお家と少し似ています。子供の時は広すぎて怖かったけど」

「こういうお屋敷、怖いですよね」

沙良は意外なことを言った。

「夜一人で眠っていると、窓の外が騒がしくなって眠れなくなります」

時計を見ると午後三時を回っている。夏の日射しの勢いはまだ衰えていないが、油蟬の大合唱は止んで蜩の涼しげな声が山の奥から聞こえ始めている。

「怖いのは、蟬や虫の声ですか」

美嘉さんは興味深げに訊いた。

「いえ、この山に住む妖たちが闇が深くなると遊ぶんです。歌い、舞い踊り、酒を酌み交わして楽しむ。それに、夏休みになれば墓地からあの世に旅だった魂も戻ってきて、再会を喜ぶんですよ」

沙良の低くわずかに掠れた声は、冥界からの道と繋がっているような陰があった。だが美嘉さんはそれに怯むどころか、かえって嬉しそうに胸の前で手を合わせた。

「あなたにはその様子が見えるんですか？　私も見たいと願っているのですが、一度もそういった不思議を見たことがありません」

ふふ、と沙良は目を細めた。

「お茶はまだ？　私はコーヒーがいいな」

佑介は慌てて、茶菓子の用意をしにキッチンへと向かった。あの女性はやはり沙良のピアノの音色に導かれてやってきた。ここを訪れる人たちは皆、何かを抱えていた。先に世を去った娘、友情とも愛情ともいえる強い絆で結ばれていながら今は別々の場所にいる二人、そして、一人欠けてしまったプログレのバンド仲間……。

大切な何かが欠けてしまった人たちなのだ。

見てきた三組の人たちは、思いの籠もった曲を奏でることで、大きく欠けた心の幾許かを埋めて、また歩き出していった。佑介はピアノに挫折してしまった人間だ。それだけ？

じゃあ、自分は？

ぐらりと目の前が揺れた気がした。目を背けていた何かが急に立ちはだかってきた気がして、呼吸が苦しくなる。火にかけた薬缶が高い音を立てなければ、そのまま膝をついてしまうところだった。

コーヒーを淹れ、美嘉さんには冷たい麦茶を用意するうちに気持ちが落ち着いてきた。動悸が激しくなっているが、何とかそこから意識を逸らす。辛いことから目を背けるのは得意なはずだ。

大きく息を吸い込むと、コーヒーの芳しい香りが鼻腔に満ちた。そして次に、沙良の微かな香りがした。ここにいないのに、すぐ近くにいる気がした。

お盆にコーヒーカップと麦茶の入ったグラスをのせ、客間へと戻ると、沙良と美嘉さんはソファに座り、打ちとけた様子で話をしていた。

「美嘉さんもピアノを習ってたんだって」

「昔の話です」

美嘉さんの表情はふいに曇った。

「もう何年も弾いていません」

「弾きたくなくて弾いていないのか、何か弾けない理由があるのか、どちらでしょう」

麦茶のグラスに口をつけた美嘉さんは、小さく首を傾げた。

「もう弾かなくてもいい、と思ったんです」

「無理やりやらされていた？」

美嘉さんはじっとグラスを見つめて動かなくなった。

「そういうわけではありませんが、やり残したことはないと思っていました。でも……」

「遠くの人を想い、その人の面影を近くに呼び起こすのも、音楽の力ですよ」

古い木の壁と天井を、美嘉さんは一度見回した。

そして何故か、じっと佑介を見つめる。

「ここは……ピアノ教室なんですよね」

「お望みとあれば他の楽器でも」

沙良は優しく答えた。

「もう一度だけ弾きたい曲があって……連弾曲なのですが」

意を決したように美嘉さんは顔を上げた。

「あなたのお手伝いは、彼がします」

佑介は麦茶をこぼしそうになりながら、何とか頷いた。

三

五十を過ぎ、資格も何もない人間にできる仕事は少ない。職安に行っても香苗はため息をつくばかりだった。幸いなことに生活保護は出た。彼女の両肩に載っていた夫の借金も、もはや彼女を苦しめることはなくなった。

谷津塚市の北部に、駅からも新しく開かれたバイパスからも遠い一角がある。そこにはマッチ箱のような団地が建ち並んでいて、かつては皆そこから学校に通い、都内の会社へと向かった。

だが今は、若者たちの多くは出ていき、そこを終の住処と決めた老人たちがひっそりと暮らす一角になっている。外国人の姿も目立つが、香苗たちとは違う世界で生きているように交わることはない。

狭い市営住宅の中で、彼女は不思議な安寧を覚えていた。

ここには何の見栄もない。虚勢を張る必要もない。残された時間を、老いた人たちと古びた団地が共に過ごしている。どちらかが朽ち果てるまで、ただ静かに日々を送る。これが今の自分にとって分相応な気がした。

団地の三階に、彼女の部屋はあった。

両隣の住人に挨拶にはいったが、いる気配はあるのに呼び鈴を押しても出てこなかった。玄関先に置いてある杖と手押し車からみて、どちらも高齢者の世帯であるようだった。

朝起きて、テレビをつけて朝食を作る。

一人分の朝食など、一汁一菜でもいい方で、その一菜すら億劫で作らないこともしばしばあった。夫がいれば、こんな飯で一日働けるか、と怒鳴られるところだが、いなくなったらなったで、やはり寂しいとも思う。

わずかな洗濯物しか出ないから、洗濯機を回すのも数日に一度だ。右隣の住人は少々認知症の症状が出ているのか、深夜だろうと早朝だろうとひっきりなしに洗濯機を回す音がしている。

　春が過ぎて夏になった。

　日々ニュースを見ているはずなのに、季節が移ろっているという感覚がない。暑い寒いがわからなくなっているのは、老いの証（あかし）だとテレビで言っていた。

「少し体を動かした方がいいですね」

　家が落ちぶれる前から診（み）てもらっている内科医は、そんなアドバイスをくれた。

「何も激しい運動をしなくてもいいんです。小塚さん、引っ越されてからあんまり外に出られてないでしょう。血液データも悪くなってますし、骨も弱っていますよ」

　カルテに何やら書き込みながら、医師は続けた。

「どれだけ周囲の状況が変わっても、心身はあくまでもご自身のものなのです。医師として言えるのは、健康でいようと思う気持ちを忘れないで下さい、ということだけです」

　夫の携帯に電話をかけることも、もうしなくなった。日を追うごとに上がっていく気温の中で、朝の二十分を散歩することにした。歩くと不思議なことに、色々なことを考えられるようになってきた。

　がらんとした部屋を見ているだけでなく、視界に入る風景を変えるだけで塞（ふさ）ぎこんでいた気分が晴れるような気がした。家に帰ればまたぼんやりと時を過ごすだけなのだが、散歩をするというだけの目標が、これほど自分の心持ちを変えるのが驚きでもあった。

市営住宅の周辺には小さな公園がいくつかある。しかしそこから子供の声が聞こえることはなく、老人たちがただ静かに座っているだけだ。

その中に、隣家の夫婦がいることに気付いた。いつも決まったベンチで二人座っている。長く連れ添っていれば言葉もいらないだろうが、そうではないようだった。

妻の方はやはり認知症なのか、時折ふらふらと立ち上がっては辺りを歩き回っている。夫は無表情にその後について様子を見守ってやっているようだった。

だが、ある日、公園に珍しく子供の声が響いた。ぼんやりとした表情だった隣家の夫人は、さっと立ち上がって子供たちを迎える。祖母の手を引いて、子供たちは嬉しそうだ。彼らとは対照的に、夫と娘らしき女性は難しい表情で何やら話しこんでいる。

香苗は散歩に出るため公園を横切ろうとした。その時、

「もう何一つ憶えていられないんだ」

疲れ切った年老いた男の声が聞こえた。

「施設に入れるしかない。もう俺にはどうすることもできない」

そう言うと顔を覆う。香苗は早足で公園を過ぎると、大きく息をついた。医師は、老いは自分でコントロールできると言った。だが、ああしてボケてしまったらどうするのだ。突然の病(やまい)に倒れたらどうするのだ。

そこで香苗ははっと驚いた。

ここ最近気にもしていなかった病への恐れが、戻ってきていた。老いが自分を覆い尽くしてしまう前に、果たしておきたい約束があった。

家に帰ってピアノを開ける。一通り鍵盤を押さえてみると、やはりところどころ音が狂っていた。もちろん、調律をするようなお金はないがやるしかない。もう出すことはないだろうと思いつつ持ってきた楽譜の中から、一つを選び出した。

四

ラフマニノフの『六つの小品』、という短い曲の集まりは小説でいうところの短篇集といった趣だ。二十一歳という若さでこれほど色鮮やかで、しかも多様性に満ちた小品を並べて見せるラフマニノフの才能に、佑介は痺(しび)れた。

「ラフマニノフがこの曲作ったの、佑介の年と変わらないよね」

　この日の夜、自宅のピアノの前で唸っていると、仕事から帰ってきた由乃が後ろから楽譜を覗き込んだ。

「姉貴は知ってるの」

「一応ね。何曲か弾いたこともあるよ」

　奏弾室で沙良に命じられたことを話すと、由乃は驚いた顔をした。

「佑介は断らなかったんだ」

　一瞬、言葉を失った。

「連弾ってことはあんたも弾くんでしょ？」

「そう、なるよね」

　手のひらに汗を感じる。押し寄せてくる不快感は以前ほどではない。

「今までわかってなかったの？」

「それは……わかってるけど」

　由乃は嬉しそうな笑みを浮かべた。

「何だよその顔」

「嫌じゃなくなってきたんじゃない？」

「ピアノ弾くの？　嫌だよ」

「でも、佑介の演奏にあれこれ厳しく言う人はもういないよ。沙良さんは？」

「何も言わないけどさ」

それでも、いざ鍵盤に向かうと鼓動がおかしくなってくるのを感じる。それまで意識していなかった拍動や耳鳴りが一気にボリュームを上げて心を乱しにくる。やはりまだ弾けない。無理しないで、と由乃が肩に手を置いた。

「じゃあ私が弾いてみようかな。ラフマニノフは本当に久しぶりだから、うまく弾けるとは思えないけど」

立ち上がった佑介に代わって由乃が座る。

『六つの小品』は全曲合わせて一冊の楽譜本になっている。美嘉さんが弾きたいと言っていたのは、五番目の曲で「ロマンス」というタイトルがつけられている。

「佑介は低い方？」

「高い方」

じゃあ、と楽譜を見ながらゆっくりと美嘉さんの担当するパートを演奏していく。初見だからもちろんつっかえつつ進んでいる。それでも、ロマンスと名付けられるだけの甘さと切なさがその旋律には含まれていた。

普通に弾くと四分足らずの曲だが、七分ほどかけてゆっくり弾き進め、ようやく最後までたどり着いた。

「いい曲……」

弾き終えても、姉はしばらくうっとりと目を閉じていた。佑介も音の運びを把握してはいる。目は譜面を追っているが、それ以上のことはできない。

「思い出した」

由乃は譜面をめくった。

「子供の時にコンクールで連弾したのは六つの小品の最後の曲だったよ。誰と演奏したっけな」

「教室の友だちじゃないの？」

「そうだったかな？　ともかく、連弾の練習するなら付き合うよ。ほら」

とんとんと椅子のスペースを開ける。

「どうして同じ椅子に座るんだよ。それに姉貴と練習しても仕方ないだろ。連弾の相手は美嘉さんなんだから」

「練習する気はあるんだね」

由乃はにやりと笑う。きっと佑介が睨みつけた時にはもう二階への階段を軽やかな足取りで登り始めていた。

「練習する気は……」

いや、連弾するのは美嘉さんとその相手であって、自分は本当のパートナーではない。そもそも、何年もまともに練習していないのにまともに指が動くわけがなかった。ただ、沙良と美嘉さんを失望させるのも嫌だった。

指を鍵盤に置く。ぎくしゃくと譜面を追っていくが、当然弾けるはずもない。日付が変わるあたりまで頑張ってみたが、付け焼き刃で形になるわけもなかった。明日のレッスンは佑介がやれと言われている。いざとなれば沙良に助けてもらえるはずだよな、と自分に言い聞かせて鍵盤の蓋を閉じた。

五

奏弾室を訪れる人は、いつも何かに取りつかれたように練習に没頭し、数日で仕上げていく。楽譜的には完璧でなくても、ともかく本人の納得いくレベルまでは上げていく。美嘉さんも例外ではなかった。そもそも佑介の最盛期よりはるかに上手だ。

これまではそれを傍から見ているだけだったが、今回は違った。自分も弾かなければならない。長くピアノから離れていた佑介にとってはまさに苦行だった。

「疲れたんじゃない？」

美嘉さんに気遣われてしまった。佑介は背中にびっしょりと汗をかいている。

「すみません」

こちらの方がリードしなければならないのに、何度となく演奏を止めているのは佑介の方だった。ピアノ教室なのに生徒さんに引っ張られるなど、講師失格で、申し訳なさで身の置き所がなかった。

「え、先生のつもりだったの……」

美嘉さんの声に棘はなかったが、ぐさりと胸に刺さった。ピアノで飯を食っている人が数年練習しないなどありえない。一日の多くを鍵盤の前で過ごし、何があろうと技術を上げ、表現力を増すために努力を続ける。

「先生、というレベルではないですよね」

苦笑と共にうなだれる。

「沙良さんはあなたのことを、サポーターだと言ってたよ」

「サポーター……応援？」

違います、と美嘉さんは首を振った。

「足首とか膝を痛めた時に着けるものじゃないかな」

「そっちですか」

思わず素っ頓狂な声が出てしまい、美嘉さんはくすくす笑った。彼女がここに来るようになって笑顔を見るのは初めてだった。

「あなたはうまく乗れている時はとても正確な演奏をしてくれる。連弾は相手あってのことだけど、それだけにどれだけ相手を意識せずに、させずに弾くかが大事。でも、相手を意識して演奏を高めていくことも必要よね」

もう一度合わせましょうか、と美嘉さんは促した。連弾の相手は誰なんだろう、と気になった。だが、それを知ることは僕の役目ではない、というのも薄々理解していた。彼女が誰かと共に弾きたいと思っている曲を、完成させる手伝いをするのみだ。

何回かやり直してようやく、最後まで合わせることができた。これではこちらが生徒のようだ。

「秋葉くん」

しばらく鍵盤を見つめていた美嘉さんが言った。

「演奏は答え合わせじゃない」

「どういう、ことです？」

「弾けば答えは出る。でも、その前に決めちゃだめ。私もそうだった。初めから決めつけていた」

　楽譜を閉じ、美嘉さんは立ち上がった。

「演奏は誰も知らない答えを導くものなのかもしれない。そのためのサポートをお願いできるかな」

「譜めくりなら自信があります」

　美嘉さんと洋館の玄関口まで出ると、沙良が立っていた。

「付き添いはいるかしら」

「頼りになるサポーターがいますから」

と、佑介に視線を向ける。その言葉に沙良は頷いた。

「しっかり見届けてらっしゃいな」

　そうして扉を開けてくれる。木立と墓地を過ぎると、大きな駐車場がある。停めてあった一台の軽自動車に乗り、谷津塚市の外縁をなぞるように走っていく。僕もあまり行ったことのない辺りだ。

「市営住宅があるのよ。この街に若い家族連れがたくさんいた頃は賑やかだったけど、今はお年寄りと外国人が多いみたいね」

　ほとんど車の停まっていないコインパーキングから、団地の中を歩き出す。

「どこへ？」

佑介は初めて訊ねた。

「連弾をしようって約束していた人のところ」

友だちなのか家族なのか、美嘉さんの表情からは窺えない。しかし、その表情は引き締まって、本番前の緊張を表している。こうなれば外野はもう黙って耳を傾けているだけだ。

ある一棟の中に美嘉さんは入っていく。しばらくして、ピアノの音が聞こえてきた。美嘉さんが練習していたラフマニノフ、『六つの小品』の第五番「ロマンス」の旋律である。

ロシアの情緒すら感じさせる美嘉さんの指使いに比して、連弾のパートナーは佑介よりもさらに技量が劣っていた。それに、何かを遠慮しているかのように心細い音しか奏でていなかった。

あなたの前で堂々と演奏する資格など、私にはない。

そう縮こまっている人の背中が見えた気がした。もう一つの旋律が、ためらいがちに寄り添っていく。背を向け合っていた二つの心がまた向き合う。

ばらばらだった連弾が、少しずつ重なり合い始めた。

　その時、同じように建物を見上げている初老の男に気付いた。汚れた作業服姿で、目を閉じてただ聞き入っている。口角（こうかく）をわずかに上げ、あまりに幸せそうなので思わず声を掛けてしまっていた。

　男はこちらを向く。目が真っ赤になっていた。

「私は今日が誕生日でね。還暦なんですよ」

　うるせえぞ、という罵声（ばせい）がいくつか響いた。それも当然だ。開け放した窓から、調律されていないピアノの音が聞こえてくるのだ。不快に思われても仕方がない。

　だが、佑介と初老の男が立っている広場に、少しずつ人が集まり始めた。南米系らしき若い夫婦は手を繋ぎ、音の源を見上げている。団地の窓を開け、老人たちが目を細めている。静かな団地の間を、ラフマニノフの優しくて鮮やかで、どこか悲しげなメロディーが流れていく。

　穏やかで紅葉に似た風は初老の男へと向かう。気付いているのか、彼は両手を広げて音色を受け止めているようだった。

　二つの演奏が、想いが溶けあって連弾は完成する。溶けあって生まれた答えは、演奏する前には予想できないものだし、してはならないものだ。

　やがて演奏が終わると、称賛を表す声が方々から上がった。そのほとんどは外国の人から発せられたように聞こえたが、老人たちもゆっくりと拍手をしていた。

三階の一室のカーテンが開かれ、美嘉さんが拍手に向けて手を振っていた。もう一人、よく似た年配の女性は俯いていたが、促されて顔を上げ、やがて微かな笑みを浮かべた。

「ありがとう……いい答えだった」

声が聞こえたような気がして振り返る。近くで聴いていた初老の男の姿がない。どうしても気になって辺りを探してみたが、やはりみつからなかった。団地の外まで走ったところで、沙良がいた。

「今の人……沙良さん、見ました？」

「誰のこと？」

「さっきまで横で演奏聴いてたおじさんです。美嘉さんのこと、知っているみたいで」

沙良は佑介の指す誰もいない空間をじっと見つめた。

「音楽は人を呼び招くの。もうここにいられない人ですら聴衆となるのを拒まない。素晴らしいでしょ」

「俺は怖いです」

そう、と沙良は呟くように言ってしばらく瞑目した。

「それで、連弾はどうだった？」

「強い気持ちを感じました。二人でやっていきますっていう」

共に弾こうと約束した曲を合わせる。間違おうと止まろうと、母娘の心に迷いはない。

沙良は微笑んで頷いた。夏の星の光が白い頬を照らしている。そのまま夜空に消えそうな気がして、佑介は手を伸ばした。沙良はその手を避けなかった。

第五話

コンドルは飛んでいく

一

街灯の光が街路樹に遮られて弱々しく二人を照らしている。蒸し暑い団地の外れで、佑介は初めて沙良に触れた。指先から伝わってくる冷たさは何かに似ていた。冷たいのに、触れていると指先から汗が噴き出てきそうで慌てて指を離す。

「そこまで？」

「す、すみません……」

沙良のくちびるの端がわずかに上がった。咎められるよりもきつかった。

「さ、帰りましょうか」

一つ伸びをする。低くて掠れて、耳に残るいい声だ。

「……送っていきます」

「いいよ。車だもの」

佑介はますますいたたまれなくなり、頭を下げて早足で団地を去った。団地は思ったより広く、出口まで来て方向を見失ってしまった。やっぱり沙良に送ってもらえばよかったという後悔も浮かんでくる。

自分から手を伸ばし、そして自分から背を向けた。迷いを抱いたまま、彼は夜道を歩き始めていた。

数分歩いても通る車は一台もない。道はこの先までずっと続いているようだった。暗闇の中を歩いていると、どうしようもなく心細さがこみ上げてくる。

しばらく行くと道は山に沿って上りはじめた。向かって右側には濃い木立が闇を抱いてうずくまり、左の遥か先には街の明かりが見える。

木立の中から何やら音が聞こえてきた。団地の中で聞こえていた虫の鳴き声とは、また異なっている。それはどこかふくろうか獣の低く鳴くような声に似ていた。

音はやがてはっきりと聞こえるようになってきた。佑介はさすがに怖くなって、足を速めた。だが、音はどこまでもついてくる。歩いても走っても、体にまとわりつくようについてきた。

彼は足を止めた。音には何か規則性があった。規則性がある音はすなわち旋律であるということだ。この暗い木立の中で、誰かが曲を演奏しているのだ。

歩いているうちに聞こえていた音は色も風も感じない程に弱く、やがて聞こえなくなった。佑介は音のする方に引き寄せられるように歩いていった。先ほどから彼が歩いている道は県道だった。人の営みを示すように、道の行き先と番号を示す青い看板が出ている。

音のする方には木立しかないように思えたが、ある辻から先に細い道が延びていた。一応は車も通れそうな広さのある道で、道の両側からはまだ夏も終わっていないというのに薄が覆いかぶさるように茂っている。それをかき分けるようにして進むと、やがて小さな集落に出た。

数軒の家が道から少し離れたところに点々と建っている。佑介はここまで来て本格的に後悔した。県道にはまだ街灯があるものの、集落はまったく光も人の気配もなかった。

谷津塚市はそれなりに拓けたベッドタウンだが、このような廃集落があるとは思わなかった。恐怖を忘れてしまったのは音のせいだったから、音が止まればまた怖くなるのは当然だ。

腹の下のあたりが激しく震え始める。人が住まなくなった集落には、何か得体のしれないモノが住みついているような気がした。奏弾室が恐ろしくないのは、そこに生きている人の気配が常にあるからだ。

踵を返そうとしたその時、一軒の家に灯りがともった。

人がいるんだ、とほっとする反面、焦りも出てきた。夜更けとまではいかないが、一人で静かな集落に入ってきて、不審者なのはこちらだ。暗い道は怖いが急いで帰ろうとすると、穏やかな声が掛けられた。

「帰ってきたの?」

決して咎めているわけでも恐れているわけでもないその言葉に、佑介は思わず振り返っていた。道に迷ってしまって、とこちらも不審者でない旨を告げる。

まあ、と驚く声がして、やがて懐中電灯を持った小さな人影が出てきた。年老いた女性が、杖と小さな光を頼りにこちらに近づいてくる。その足もとの覚束なさを見て、走り去ることはできなかった。

「やっぱり、帰ってきたのね」

彼女は微笑を浮かべて佑介の手を握った。

屋根の高い、深い山奥の集落でしか見ないような造りの家が、谷津塚にあるのは驚きだった。農機具が土間の隅に並べられているわけでも埃をかぶっているわけでもなく、手入れは行き届いているようだった。

老女は、櫟本小百合、と名乗った。小百合は佑介を誰かと勘違いしているようだった。

「あんたは東西をよく間違える子だったから、なかなか帰ってこれないと思っていたのよ」

「あの……」

「いいのいいの。お茶を淹れましょうね。今年はね、葉の生りがよくてね。そりゃあなた程上手にはできないけど、それなりの仕上がりになったのよ」

小百合はお湯を沸かしてくれているが、ガスが通っているわけではないようだ。室内の照明も灯油ランプだ。夏のうちはいいが、冬場は寒かろうと思って部屋の中を見回していると、隅に小さな暖炉が置かれていた。

「さあ、どうぞ」

大ぶりの湯呑みの中でほうじ茶が湯気を立てている。歩いてきて体は火照っていたが、熱い茶が体に沁み渡って緊張と疲れを取り払ってくれるようだった。

「あなたがいなくなって、もう十年も経つのよ」

「十年……」

「もう忘れちゃったのね。何も言わずに出ていって、この家も畑も、守るのが大変だったのよ。いいえ、それが嫌だったわけじゃないわ」

夫だろうか、それとも息子なのだろうか。共に暮らして今はいない人を佑介に仮託している。佑介は何度か、違うんです、と言いかけた。だが、言い出すことができなかった。小百合の首には、一つの楽器がかかっていた。

「ああ、これ？　あなたそんなことも忘れちゃったの」

　小百合さんはおかしそうに笑う。

「オカリナよ」

摘まみ上げる彼女の手から少しはみ出るくらいの、陶製の楽器だ。息を吹き込むとふくろうやかっこうの声に似た、素朴な音を奏でることができる。

「オカリナはわかりますが……」

「好きだったでしょ。秋の夜に虫の合唱に合わせるように、鳥たちのさえずりに合わせるようによく吹いたものよ」

　佑介はその音を聴いてここに引き寄せられてきたのだ。

「さっき？」

不思議なことに、小百合さんは吹いていないという。

「あなたが教えてくれたのよ。楽器はピアノばかりじゃないって。あの時はわからなかったけど今はこの楽器が本当に愛しいの」

「僕が？」

小百合さんはこくりと頷いた。灯油ランプの光が頭上で揺らめいている。小さな蛾が一匹、光の周りを忙しく飛び回っていた。ふと視線を感じてそちらを見ると、五十歳前後に見える男性の写真がこちらを見ていた。

写真は珍しい場所に置かれていた。暗くて気付かなかったが、居間の向こうにはもう一つ板敷の部屋があり、何と小ぶりのグランドピアノがあった。それを見て、佑介は何故か呼吸が苦しくなった。

「父もあなたにまた会えて喜んでいる。それにしても……」

湯呑みにお茶を足してくれながら言う。

「十年の間何をしてたの？　あなたは旅が好きだったわね。遠い国への旅の話を何度も私にしてくれたわ。私もその話を聞いているのが好きだった」

やはりご主人のことなのだろうか、と佑介は黙って聞いていた。

「でも話をしているうちにまた旅に出たくなっちゃうのね」

ふう、と一つため息をつく。

「子供の帰りを待つだけで人生を終わりたくないわ」

そこでようやく。待人が誰かを知る。すみません、と思わず謝った。

「僕は道に迷っただけで、あなたの子供では……」

「悪いなんてちっとも思ってないくせに。さ、約束でしょ。あなたがいない間、私はずっと練習してきた。この村と山に旋律が沁み込むほどに」

「お子さんに聴かせるためにオカリナをずっと練習してきたんですか?」

「あなただけじゃなくて、皆よ」

村はしんと静まり返っていて人の気配はない。眠っているだけなのかと思ったら、住人がいないことに間違いはないのだという。

「いないけど、帰ってくるわ。皆でまたこの村に集まりましょうね、って約束したんだもの。でもね、なかなか帰ってこないの。私は一人こうして待っているのに……」

悲しげな表情を見ているうちに、佑介の脳裏には沙良の姿が浮かんでいた。きっと小百合さんは病院に行った方がいいのだと思う。誰にも知られず孤独に暮らしている老人がいるのだから、行政にも支援を頼むべきだ。

「奏弾室？」

小百合さんは品よく首を傾げた。

「そこに行くと皆が集まっているの？」

「それはわかりませんが、小百合さんの力にはなれると思うんです」

「私はあなたを待っていたのよ」

彼女は少し不満げな表情を浮かべた。そこまで自分にこだわる理由が彼にはわからなかったが、これはもしかしたら、佑介に一人で奏弾室の一員として仕事をしてみろ、という試練なのかもしれないと思い直した。

「じゃあ、僕は小百合さんのために皆に声を掛けてきます」

「ほんと？　嬉しいわ」

小百合さんの表情が少女のように輝いた。

「あなたが皆を集めてくれるなんて、夢のよう。私、信じて待っててていいのかしら」

約束します、と言っていいはずはなかったが、佑介はそう言ってしまっていた。

「今度こそ、約束守ってね」

小百合さんの声は若々しく張りのあるものへと変わっていた。その姿すら、老女から少女に変わっているように見えた。佑介はその姿を驚きつつ見ていたが、目の前の光景が不意に歪(ゆが)んでいくのに耐えられず、床に倒れ伏した。

二

気付くと、見覚えのある天井を見上げていた。その視界に姉の顔が大うつしになる。

「……姉貴、近いよ」

姉の顔が遠ざかり、代わりに額をぴしゃりと叩かれる。

「俺、どうして寝てるの」

「道で寝てるよりマシでしょ。沙良さんから連絡があったのよ。県道で寝てる弟さんを発見したから拾いに来なさいって」

「県道で寝てた……」

体を起こすと頭が痛い。

「いくら真夏でも夜中に外で寝てるのはよくないよ。今日は休んでなさい。私はもう仕事に出るから、もう皆に心配をかけないようにね」

「……できの悪い弟ですみませんね」

「できが悪くても弟は弟なんだよ」

おどけて言ったが姉は真剣な顔でたしなめた。佑介が素直に謝ると少し笑った。

「休んだら奏弾室に行くつもりなんでしょ？」

「ばれてる」

「愛しの沙良さんに会わないと落ち着かないもんね」

そう言うと早足で階段を下り、そのまま仕事に出てしまった。蟬の声が窓の外から流れ込んでくる。蜩の声も混じってきているような気もしていたが、また暑さが戻ってきているのか油蟬の激しい声が圧倒していた。しばらく横になっていたが、二階の部屋はじりじりと暑さが増してくる。汗だくになる前に起き上がり、シャワーを浴びる。

熱いお湯に打たれていると、徐々に頭がはっきりしてきた。昨日のあれは何だったんだろう。小百合さんという老女の家で話していたはずが、県道に倒れていた。

それを見つけてくれたのは沙良で、ここまで運んでくれたのは姉だ。

姉は細身で、佑介を運べるというほどの腕力はない。沙良と二人で二階まで上げたのか？　それとも肩でも借りて何とか自力で上がってきたのだろうか……。

目の奥を刺されるような痛みがして、今度は耳の奥で鍵盤を一斉に叩くような音がした。これ以上考えるのはよそう、とシャワーから出て朝食を温めなおす。姉が新しくホームベーカリーを買っていて、焼き立てパンの香ばしい匂いがリビングに立ちこめていた。

「母さんのいる頃はなかったな……」

微かな母の記憶は、やはり台所の匂いだった。でもそれは魚を焼く匂いだったり、炊きたてのご飯の香りだったり、どちらかというと和風な思い出だった。そういう温かな記憶ばかりではない。自分がこうなっているのは親のせいだ、とどこかで思ってもいた。

居間の隅に置いてあるアップライトピアノの上にはもう書類などが載せられていることはない。カバーも換えられ、拭き清められている。

楽器も建物などと同じで、使われないとすぐにくすんでいく。長く家の隅でくすんでいたピアノは、再び輝きを取り戻しつつあった。佑介はカバーを開け、鍵盤に指を置く。やはり呼吸が浅くなり目眩がするが、すぐに収まった。

そのことより、指先に触れた感触に佑介はどきりとした。昨夜触れたあの人の頰の冷たさによく似ていた。あの肌の白さはピアノの白鍵のようだ。

もし自分がいるのがおとぎ話の世界なのだとしたら、沙良はさながらピアノの、音楽の精霊なのかもしれない。そういえば佑介が彼女について知っているのは、奏弾室という洋館から流れる音を聞いて訪ねて来た人に、ピアノを教えている、ということだけだ。

八月のカレンダーが風に揺れている。いま何日だっけ、と首を捻る。テレビをつけると、ニュースが八月上旬の週間天気予報を流していた。曜日に関わりのない生活をしていると、本当に日付の感覚もなくなってしまう。

谷津塚の暑さはまだこれからだ。居間はクーラーが効いているが、外に出れば溶けるような高温になっている。それがわかっていても、奏弾室に行かないという選択肢はなかった。

家から出て谷津塚山への道を辿る。

墓地への坂道を汗を垂らしながら上がっていく。山の下では開発用道路を造っているのか、多くの重機やダンプが集まって大規模な工事が始められていた。山は切り拓かれてやがて巨大なアウトレットモールになってしまうという。

奏弾室がなくなるのは、いや、沙良と会えなくなるのは寂しい。佑介が大学に行けなくなった理由は、もう遠い過去になってしまった気がした。今は沙良がいる、ということがこれほど心を強くしている。

沙良は佑介を拒んでいるわけではない。でもまだ、子供だと思われているような気もしていた。

何も自分のことを話してくれないのは、頼りないからだろうか。奏弾室に来る人のサポートを佑介に任せてくれているのは、頼りになるかどうかを試しているのだろうか。そうだったら、自分は合格点に達しているのかな。そんなことを考えながら墓地を過ぎる。

お盆が近いせいか、墓前に供えられた花が白い陽光の下で鮮やかな色を放っている。墓地を管理しているのは街中にある大きな寺院だったが、この墓地は無宗派無宗教をうたっているから、十字架が立っていたり、一般的な仏式とは違う形の墓石が立っていたりする。

いつもは一瞥するくらいで通り過ぎるのだが、見慣れた人影が立っていたような気がして、足を止めた。広い墓地の奥の方に沙良が立っている。あるお墓の前で手を合わせるでもなく、ただじっと見つめている。

佑介は近付こうとして、沙良の口元が微かに動いているのに気付いて止めた。谷津塚の人間ならここに肉親が眠っていてもおかしくない。親しい人との会話を邪魔するようなことはしたくなかった。

墓地の入口にある東屋で座っていると、やがて沙良が近付いてきた。

「来てたんだ」

　ちょっと驚いた表情であった。

「具合はいいの？」

「ええ、まあ……」

「そう。じゃあ行きましょう。来たからには働いてもらうわよ」

　もちろんです、とその後に続く。日の当たる場所にいたからか、沙良の香りはいつもより強く感じられた。精霊なら匂いはしないだろうな、とふと思った。墓地から奏弾室までの坂道で汗が噴き出してきた。

「昨日は変なところで寝てたのね」

「寝たつもりはなかったんですけど、気付くと家でした」

「気を付けないとだめよ」

「拾ってくれたのが沙良さんで助かりました。でも、先に帰ったと思っていました」

「帰るつもりだったけど、倒れた少年はきっと家に帰る手段を持ってないと思ってね。昼間ならわかりやすいけど、夜は迷いやすいのよ。君は特に迷いやすい」

　そう言って、ふふ、と笑った。

「沙良さんの前で迷ったことありましたっけ」

「昨日だって迷ってたでしょ、もう一歩踏み出そうかどうか迷ってるのは可愛かったな」

「……やめて下さい」

別の汗が噴き出してきた。

「そんなことより」

佑介は話題を変えた。道で倒れる前に、彼は確かに木立の中の廃村に行き、小百合さんという年配の女性と言葉を交わしていた。彼女は吹いていないと言っていたが、オカリナの音が確かに聞こえ、その音色に呼ばれるように夜道を歩いたのだ。

「よく行ったね」

沙良は感心したように言った。

「呼ばれたような気がして」

「そっか……あの辺り本当に真っ暗でしょ」

「人が住んでいて助かりました」

佑介は小道の先にあった集落の話をした。

「何年も前にあの辺りの村はなくなったのよ。住んでいる人はいないはず」

「ひんやりするようなこと言わないで下さい」

確かに、辻から集落までの道は長い間使われた形跡はなかった。街灯に電気は通っておらず、他の家も朽ちていた。だが、小百合さんの家にだけは生活の匂いがしていたし、飲ませてもらったお茶も確かに熱かった。

「夢の中で飲んだお茶だって熱いでしょ」

「そうですけど……」

夢だとしたらやけにリアルだったし、そもそも団地を出る時には意識もしっかりしていたのにいきなり意識を失っているなんて怖すぎる。病院に行くべきは小百合さんではなく、自分なのかもしれない。

「病院に行っても治せる病気とそうじゃないものがあるわ」

沙良がお茶を淹れてくれる。

「谷津塚は茶どころってわけじゃないけど、山際に住んでた人たちは自分たちが飲むくらいは作ってたとも聞くわね」

いつもの冷たい麦茶ではなく、熱いほうじ茶だった。

「沙良さん、これ……」

味が昨日の夢の中で飲んだものと同じだ。

「頭を酷使(こくし)したからデジャブを見てるんじゃない？　疲れた頭は時にハレーションを

起こすのよ。たった今経験したことを前から知ってると思わせるのよ」

　沙良は寝室の隣の部屋の鍵を開けた。そこにはグレーの事務机があり、その上に小さなパソコンが載っていた。

「仕事部屋みたいですね」

「みたい、じゃなくて仕事部屋なの」

　沙良はパソコンの画面に地図を呼び出す。距離が近くなって沙良の涼やかな香りが漂ってくる。手を伸ばせば届く距離に無防備に入ってくる。昨日のためらいが沙良を大胆にしているのが口惜(くや)しかった。

「君が行きだおれていたのはここ」

　佑介の気持ちにはお構いなしに沙良が画面を指す。

「団地から結構離れてますね……」

　集落に入るための交差点まではそれほど歩いたように感じていなかった。

「あの団地から山沿いの道に入ってしばらく行くと、田草(たぐさ)という集落への道があるの」

　指を少し団地の方へ向け、さらに表示を拡大させる。確かに小さな十字路があって、山の方へと延びていた。地名はまだ生きているようで、田草と表示されている。

「数年前に最後の一軒が家を出てから、この集落には誰も住んでないよ」

「……詳しいですね」

沙良はしばらく答えなかった。

「そうね……。私の生まれた場所だからね」

驚きにしばらく声が出なかった。

「生まれたとはいっても、幼い頃に村を出たからはっきりした記憶はないよ。でもね、時々行ったりはしてるんだ。ここも道が繫がってたらしいし」

「山の中の道ってことですか？」

「そうそう。今みたいに舗装された道が普通じゃなかった頃は、山の村々を結ぶ細い道があったみたいね。佑介くんが幼い頃に遊んでいたのも、そういう道だよ」

「沙良さん……」

「何？」

「子供の頃に、一緒に遊んだことありましたっけ」

「小さな子供って、誰と遊ぶかよりも何をして遊ぶかが大事で、相手を憶えてないことが多いのよね。私も色んな男の子と遊び過ぎて忘れちゃったよ」

楽しげに笑った。

「佑介くんみたいな子は何人もいたよ」

ぐらりと足もとが揺れた気がした。昨夜の変調がまだ体の中に残っているようだった。

「ちょっと外の空気を吸ってきます」

立ち上がると同時に、目の前の風景が一回転した。

三

ひ弱な子供だった。

体も心も弱かった。弱いことは悪だと思っていた。そう言われ続けていた。だからできることを探しなさい、と両親は幼い佑介に言い続けた。今ならよくわかる。体も心も弱ければ、技術を身に付けなければならない。今となっては、それも愛情だったと理解できる。だが、幼い佑介には無理だった。

そういう考えから離れた生き方があるなんて、幼い子供は知らない。だから親が言えば、先生が言えばそういうものなのかと自分を納得させるしかなかった。

「一番になりなさい」

鍵盤の前に座らされ続けた。冷たく重い鍵盤が嫌で泣いても、誰も許してくれなかった。この道を行きなさい、と押し付けられ続けて心が潰（つぶ）された。佑介は抜け殻のようになって、人と同じような人生を送るために大人たちが敷いた道を歩くだけの日々を送った。

見飽きるほどに見た悪夢から解放されて目を開ける。

家とは違う天井の模様だ。

枕元からいい匂いがする。佑介は慌てて飛び起きた。沙良が寝室に使っている部屋だ。この部屋の冷蔵庫まで麦茶を取りに来たことはあって、奥にベッドがあることは知っていた。

「やっぱい」

いけないことをした気がしてあたふたしていると、窓から笑い声が聞こえた。

「後ろめたいことでもあるの」

「い、いえ……あの、すみません」

「やっぱり本調子じゃないみたいね」

「大丈夫ですよ」

もう一度天井を見上げる。古い洋館なので、あちこち剝（は）げ落ちて斑模様（まだらもよう）になっていた。だが塗り直したかのようにきれいになっていた。

「リフォームしたんですか」

「もうしばらくしたらなくなる建物をリフォームしても、仕方ないでしょ」

「そうですけど……」

もう一度見上げると、天井は元の斑模様に戻っていた。

「さ、いつまで若い女子の寝室にいるの。ちょっと見せたいものがあるから、隣の部屋へどうぞ」

執事のような手つきで出ろと促された。佑介は早足で隣の部屋へと急ぐ。腕のあたりを嗅(か)ぐと、まだ沙良の香りが残っている。

「君は匂いフェチだよね」

沙良が窓から顔を出したので彼は焦ったが、

「ええ、いい匂いは好きです」

とやり返した。

「堂々としてるのは悪くないな」

沙良は開いている窓から何かを突き出した。滴(しずく)の形をした、石で作った何かだ。

「佑介くんが耳にした楽器はこれだと思ってね」

「もしかしてこれ、オカリナですか？」

イメージしていたものと少し形が違う。よく見るのは、長い三角形に直線に指穴のついたものだ。だが沙良が持ってきたのは、滴の側面に二列に指穴のついたもので、そこには顔らしき紋様も描かれている。

「可愛いというか、不気味ですね……」

「中国ではオカリナのことを塤（けん）っていうの。紀元前から似たような楽器はあって『シュン』っていうのよ」

沙良は滴の上のところにくちびるをつけた。腰のあたりにぞくりと戦慄（せんりつ）に似た何かが走る。だがそんな邪（よこしま）な心も、流れ出すメロディーに消えていった。

『コンドルは飛んでいく』という曲だ。七〇年代に日本でも大ヒットした。佑介が何度か聞いたことがあるのは、サイモン＆ガーファンクルという世界的なフォークデュオが歌ったものだ。

南米の乾いた大地、アンデスの白き峰々とそこから吹き下ろしてくる風。かつてインディオと呼ばれた先住民族の悲哀と力強さ……。

「伝統音楽、フォルクローレってやつですね」

「古い音楽をもとにしてるけど意外と新しいんだよ。成りたちとしては、前に建設会社の人たちと演奏した『ホーダウン』に近いかな。古くから親しまれてきた旋律を現代の作曲家がアレンジして、曲としての完成度を上げてあるわね」

だからといって元々あった主題の形が変わるとは限らない、と沙良は言う。

「オカリナの曲じゃないんだけど、しっくりくるよね。ケーナとチャランゴとギターを入れたアンサンブルで演奏するのが普通だけど」

滴の形に似た中国式のオカリナを撫でる。

「音楽って不思議」

もう一度埙を鳴らしてみせる。

「南米と中国は地球の表と裏にあるようなものなのに、この音を聴いて感じることはほとんど変わらない。南米の人はこの音と旋律にコンドルが空をゆく様を思い描いた。コンドルってどんな鳥か知ってる?」

「あまり詳しくは……」

遥か昔に動物園で見たことがある。確か頭の赤くて体の大きな、あまり美しいとはいえない鳥だ。

「国旗に使われることも多いんだよ」

「人気あるんですね」

「人気があるかどうかは別にして、特別な鳥と思われてる。コンドルは別の呼び方をするとハゲタカなんて言われて嫌う人もいる。尊いと思う人もいる。それはどうしてかわかる？」

佑介は首を捻った。特別な力を持つとされる神話でもあるのだろうか。

「死んだ動物の肉を食べてくれるの。大地が清浄であるためには、地上に死体が転がっていてはならない。穢れを四方に撒き散らす前に清めてくれる。場所によっては鳥葬といって、コンドルに遺体を捧げることで魂を天地に返す……」

コンドルが大空を舞う姿は、人に死を思い起こさせる。かつて愛した肉親や友の肉体を自らの一部とした鳥が特別な存在となるのに不思議はなかった。

「中国でもこの音は聴く人を寂しさへと誘う。宮中での祭祀に使われることが多くてね。ものの本によると、その音は陽から転じて陰を、夏から転じて秋を思わせる、とあるね」

寂しげな場所で死や寂しさを伴った楽器と過ごす気持ちは、よくわからなかった。

「きっと佑介くんにもわかると思うけどな。悲しい時に明るい曲を聴きたくなる人もいるだろうけど、悲しい時は心の傍らにいて同じように悲しんでくれる曲を選ぶことだって多いんだよ」

沙良は佑介にオカリナを手渡した。

「それで、小百合さんはどんな演奏をしたいとお望みなの」

「この村を出ていった人たちを集めてオカリナを吹きたいと仰(おっしゃ)ってました」

「一人で?」

「いえ……僕のことを誰かと間違えているみたいなんですけど、ともかく僕と吹きたいらしいんです」

「そう、じゃあやってあげればいいんじゃない?」

窓から熱を帯びた風が吹き込み、ひときわ蟬の声が大きくなった。

四

日が翳(かげ)っても気温は下がらなかった。

「音だけでも涼しいのは助かるね」

姉の由乃は風呂上がりの顔を団扇(うちわ)で煽(あお)ぎながら言った。クーラーを効かせてもオカリナの練習をしていると汗が止まらない。この楽器は指使い自体はそれほど難しくない。だが、呼吸のコントロールが大変だった。

ちょっとでも強く吹き過ぎると素っ頓狂な高い音が出てしまうし、弱すぎると腰のないふらふらした音になったり、そもそも音が鳴らなかったりする。

「力入れすぎだよ」

「入れなさすぎでも良くないんだよ」

「だから、力のコントロールができてないってことは気持ちに力が入ってるってこと」

「言うほど簡単じゃないよ」

「じゃあ貸して」

素っ頓狂な音を出したオカリナに驚いて、姉はすぐにくちびるを離した。

「ほんとだ」

「ほんとだじゃないって」

演奏はそれほど問題ではないように思われた。小百合さんの吹く主旋律に合わせるのは難しくないだろう。ただ、もう一つしてしまった約束の方が難題だった。

「田草の集落？　懐かしいなぁ。もちろん知ってるよ。確か父方の叔父さんが住んでた。その後大宮かどこかに」

そういえば、と手を打つ。

「佑介が倒れてたのも確かそのあたりよね」

「僕たちが行ったことは？」

「何回もあったよ」

「あのさ」

佑介は沙良がその集落で生まれたことを告げた。

「それは知らなかったな……」

驚いているというよりは、戸惑っているといった表情だった。

確かめに行く、と立ち上がりかけた彼の手を姉は摑んだ。

「もう暗いからやめときなよ」

「でも気になるんだ」

「また道で行きだおれた佑介を家まで運んでくるのは嫌なの」

そう言われると返す言葉がなかった。

翌朝になって、佑介はやはり田草の様子を見に行くことにした。沙良にメールをしたが返信はなかった。家にはしばらく使われていない自転車がある。チェーンは多少錆ついていたが、物置の奥にあった油を吹きつけると軋みは少なくなった。タイヤの空気も抜けていたのでそれも入れてサドルにまたがる。

せっかくの夏休みなのだから自動車学校にでも行っておけばよかった、とは思わなかった。免許があればそれは便利なのだろうが、奏弾室での日々の方が自分にとっては楽しい。

住宅地から一度墓地の見えるあたりまで山際に出て北へ曲がると、団地へと続く県道に出る。道はゆっくりと高度を上げ、やがて街を見下ろせるまでになった。いわゆるママチャリに乗っているから快適さよりも暑さが先にくる。それでも、住んでいる街を一望できる場所は気持ちのよいものだった。

視界の先に団地が見え始めると、今度は下り坂になる。気持ちよく風を切っていると、土砂を積んだダンプカーが体のすぐそばを通り過ぎていった。

「危ないなあ」

思わず自転車を止めて悪態をつく。谷津塚山の開発のために大量の土砂が出ている。バイパスに出るには街中を通るのが近道だが、こちらの県道を通れば人家があまりない。

続けざまに数台見送ると、爽快な気分はどこかへ飛んでしまった。

ダンプに気を付けながら坂を下りきると、後は団地まで平坦（へいたん）な道が続く。地図で見ると、県道は団地をかするように北へと抜け、やがてバイパスに繋がるようだった。

「ここか……」

田草への十字路で再び自転車を止めた。封鎖されているわけではないが、一車線で狭い道が伸びているのも夜見た光景と同じだ。ただ、昼の太陽の下で見るのと闇の中で見るのとでは印象がまるで違う。

耳を澄ましてみるが、オカリナの音は聞こえない。蟬しぐれが激しすぎて、時折通るダンプの音がその間を突き破っていくのが目立つくらいだ。

歩くとすぐに集落に着いたような感覚だったが、自転車を漕いでもなかなか到着する気配がなかった。引き返そう、とは思わなかった。あの集落は沙良に関わりがある。小百合さんはもしかしたら、幼い頃の沙良のことを知っているかもしれない。

さらに十分ほど自転車を漕ぐと、ようやく集落が見えてきた。

「佑介!」

いきなり大声で名前を呼ばれて思わず辺りを見回した。夜にはわからなかったが、集落のある辺りはちょうど山が開けていて小さな盆地のようになっている。陽光が燦々と降り注ぐ様は、周囲の緑が強いだけに、街中よりもより鮮やかだった。

光が眩しくて視界が白く染まる。光に目が慣れてもう一度集落の中がはっきりと見えてきた。田畑に数人が出て農作業にいそしんでいる。そのうちの一人がこちらに近付いてきて、佑介は一瞬目を疑った。

「大宮の叔父さん……。こっちに帰ってきてるの？」

「大宮？　私が住んでるのはずっと昔からここだぞ。いいからこっちに来い。佑介がこっちに来るなんて珍しいじゃないか。浩二郎は？」

浩二郎は父の名前だ。父は佑介が幼い頃に死んでいるのを叔父も知っているはずなのに、奇妙なことを言う。でも今は、小百合さんがいるかどうかを確かめたい。

「ああ、いるよ」

叔父は気軽に後ろを指した。確かにそこには、昨夜お邪魔した古民家がある。夏の光に照らされて、昨夜よりもずっと新しく見えた。

「あの人、お前のことを待ってる」

「僕を？」

「だって、そういう約束をしたんだろ？」

田んぼで風にそよぐ稲が、波を打っている。子供たちが畦を走り、山の方へと消えていく。一人の少女がこちらを振り返り、にっと笑った。

「姉さん……？」

似ているが違う。従姉妹かと思ったが、よく考えれば大宮の叔父には子供がいない。そのまま小百合さんの家に向かう。夜は気付かなかったが、集落を二分するように小川が流れている。

短い橋を渡ったところで、ピアノの音が聞こえてきた。

「……主よ、人の望みの喜びよ」

それは佑介が沙良と出会った日に木立の向こうから流れていた旋律と同じだ。これまで記号にしか思えなかった音に、潤いが伴っていた。山を渡る風と村を流れるせせらぎのせいではない。

音を感じる。

耳に聞こえているという感覚ではなく、鎖骨のあたりから体に入って、そのまま指先や頭のてっぺんから抜け出て、なのに余韻が残っている。佑介はその音を奏でるのは誰かを確かめようと足を速めた。

小百合さんの家の引き戸を開けると、突然音が止んだ。

「待って、続けて」

佑介が靴を脱ぎ散らかしたのにも気付かず、奥の部屋に急ごうとすると誰かとぶつかった。中学生くらいの、長い黒髪の女の子が俯いたまま玄関から走り出ていく。

周囲の光景が一変した。

五

夏の昼間だったはずだ。夕立でも来るのか、急に暗くなって部屋の中がぼんやりとしている。佑介にぶつかった少女もすぐに見えなくなり、ともかく佑介は小百合さんを探そうとした。気付くと、洋室の中にいた。和風の古民家には似つかわしくないような気もしたが、それは部屋の中央に置かれたグランドピアノのためであることに気付いた。

薄暗い中でもぬめるような輝きを放っている。鍵盤の蓋(ふた)は開(あ)けられ、誰かが指を走らせてくれるのを待っているかのように見える。だが、グランドピアノの屋根が音もなくゆっくりと上がるのを見て、彼は悲鳴を上げた。

眠っていた大蛇が鎌首をもたげるような不気味さがあった。ここにいてはいけない、と佑介は思った。

「お前は音がわからない」

そういう叱責(しっせき)が飛んでくる。もう忘れたし、思い出したくもない幼い頃のトラウマだ。ピアノを見るだけで、冷や汗が流れてくる。ピアノ教室に来るのも嫌だった。これしかないと言われて頷いたけれど、それはまだやりたいことの判断もつかない子供だったからだ。

「ここ……？」

ピアノを習っていたことがある。それも長い期間、週に何日も通うほどだった。叱責の内容も憶えている。なのに、どこに教室があってどんな先生に習ったかが記憶から抜け落ちている。

あまりに嫌な思い出だったからだ、と自分を納得させていた。鍵盤に触れる。ひんやりとした感触は家のものとは違う。コンサートホールにある新しい高級ピアノとも異なっている。

冷たいのに、なまめかしい程の柔らかさがある。かつてピアノの鍵盤には象牙が使われていたという。とん、と叩くとあでやかな音が四方に膨らんでいった。

「奏弾室のおかげなのかな……」

椅子に座って、少しだけ弾いてみる。つい最近まで練習していた、美嘉さんに付き合ったラフマニノフの六つの小品からの一曲だ。指先からの汗で鍵盤が滑る、ということがなくなっていた。

呼吸の苦しさが、少しましになっている。

「音が……」

はっと後ろを振り返ると、小百合さんが立っていた。

「お上手」

と頷いている。

「すみません、勝手に」

佑介は立ち上がり、頭を下げた。

「触れられることのない楽器は輝きを失うし、弾かない奏者もそうして錆ついていく。玉は磨かなければ光らず。刀は打たないと強くならない。でも磨いたり打つ人がどれ程音楽や学ぶ人のことをわかっていたっていうのかしらね……」

佑介は小百合さんを見つめていた。

「全て失ってから気付く私に、人に教える資格はなかったわね」

「集落に入った時、幻を見ました」

幻？　と彼女は不思議そうな表情を浮かべた。

「死んだはずの叔父がいたんです」

「あら、幽霊かしら。私はあまり信じないな」

気のせいには思えなかった。

「気のせいじゃないわ。幽霊じゃなくて、そこにいるのよ」

小百合さんの声が一段低くなった。

「怖いこと言わないで下さい」

「どうして怖いの？　いなくなった人がそこにいるなんて、素晴らしいことだと思う。この年になると、失ったことの方が多くなるの。全てを忘れたくなるくらいに」

「小百合さんは、誰を待っていたんですか」

「あの人の音を探さなきゃならなかった」

そこまで言うと、小百合さんは廊下に座り込んだ。

「だ、大丈夫ですか」

慌てて助け起こすと、

「あなたも何か忘れていたの？」

その瞳には危険な程に透き通った光が宿っていた。外では雷が鳴っている。夕立が間もなくくる。風に強い湿り気が混じり始めていた。

「僕は何か、忘れているんでしょうか」

いや、忘れてなんかいない。ここに来たのは小百合さんの願いをかなえるためだ。

オカリナで『コンドルは飛んでいく』を共に吹けばいいんだ。
しかし、ほんの一瞬目を離した隙に小百合さんの姿は家の中から見えなくなってい
た。雷鳴がさらに激しくなると共に雨粒が土を撥ね飛ばし始めた。この村は何かおか
しい。いや、夏休みにあの奏弾室を訪れた時から、何かが変わり始めていた。
ピアノのある部屋から出て、小百合さんを探した。佑介も全てを忘れたかった。こ
の夏休みの間に、新しい何かが見つかればいいと願っていた。生きる張り合いみたい
なものが欲しかった。
その心に、何か得体の知れないものが忍びこんできた。美しいピアノの先生として
佑介を取り込んで、不思議な体験をさせている。
「僕はそれで……それでいいんです」
だから、小百合さんが奏でたいという願いだけがかなえばいい。何も思い出さなく
ていい。理解しなくていい。
理解できなかった音の彩りも少しずつわかるようになってきた。もう少し、奏弾室
にいたいんだ。外からオカリナの音が聞こえてくる。生と死の間を舞う鳥の調べが、
夕暮れの山間に響いていく。
夕立が上がってオレンジ色の光が空を照らしている。縁側に立つと、無人の集落の

中央でオカリナを吹く老女の姿が見えた。その周囲には誰もいない。だが音が広がるにつれて、周囲の木立から人影が一つ、また一つ彼女のもとへと集まりつつあった。恐れと安堵とに同時に肩を抱かれたような気がして、佑介は体を震わせた。

ここから出ようと振り返ると、屋敷の奥に障子が半ば開いた部屋があることに気付いた。そこから視線を感じて、佑介はゆっくり近づいていく。覗き込むと、そこには沙良がいた。いや、沙良によく似た、少女の写真が彼を見つめていた。

第六話

死の舞踏

一

真夜中にふと目が覚めた。午前三時過ぎともなれば外の気配がうっすら変わるこの時期でも、まだ真っ暗だ。外からほうほうと聞こえる音が、オカリナの音色(ねいろ)によく似ていた。

ふとカレンダーを見る。暗さに目が慣れていないせいか日付がよく見えない。

そうだ。夏休みは始まったばかりだ。短い間に色んな事があった。奏弾室(そうだんしつ)というピアノ教室、謎めいて美しいそこの主(あるじ)。流れ出す音を聞きつけて墓地の奥にある洋館を訪れる人たち……。

枕の横には一冊の譜面(ふめん)が置かれている。

『Totentanz』

フランツ・リスト作曲のピアノ独奏曲である。ここしばらく、これを練習するよう沙良に命じられていた。佑介はもう、鍵盤に向き合う苦痛から解放されつつあった。失われた音が戻っていく。それは照れくさいような、でも居心地のいい瞬間の連続だった。

「夏休み、ずっと続けばいいのにな……」

楽譜を眺めながら、佑介はそんなことを思うようになっていた。だが、彼の中には消すことのできない大きな疑問も育ちつつあった。沙良は一体何者なんだろう、という問いである。それを考え出すと眠れなくなる。

かつて叔父が住んでいた谷津塚山沿いの廃村には、小百合さんという老女がいた。彼女は村の人々と過ごした日々を取り戻すために、オカリナを奏でた。

中国での塤は、生死の世界を繋ぐ音とされているという。

小百合さんが演奏した『コンドルは飛んでいく』のコンドルもまた、南米では生と死の間を象徴する鳥だ。

そして小百合さんのオカリナに呼応するかのように、村には過去の幻影が現れた。いや、幻と言い切るにはあまりにも鮮明な光景だった。そこから帰ってきた佑介は、目にしたものを全て姉に話した。

「ええ？」

姉の由乃は一瞬真顔になった後、目を丸くした。

「沙良さんが幽霊かもしれないだなんて、本気で言ってるの？」

「だって、考えれば考えるほどおかしいって。奏弾室から墓地まで、普通に考えてピアノの音が聞こえる距離じゃないもの。静かならまだわかるけど、山の中はすごい蟬の声だし、その間を縫って聞こえてくる音が自分にゆかりのある曲だって普通はわからないよ」

「普通は、ね」

姉はどこか困ったような表情を浮かべていた。

「姉貴は変だと思わないの」

「沙良さんが？　奏弾室が？」

「どっちもだよ」

しばらく考えた姉は、

「私は思わないな」

きっぱりと言った。その口調がやけに明快で、不自然に思える程だった。

「姉貴、小百合さんの村で見たことは幻じゃないと思うんだ」

佑介はもう一度繰り返した。

「死んだ叔父さんも見えたのよね」

「他にいた村の人たちも、もしかしたらもう死んでいる人たちかもしれない」

「でも、それが何か嫌だった？」

姉はごく自然な口調で返してくるので、佑介は調子が狂ってきた。そしてカレンダーを見て愕然となった。いつの間にか七月に戻っている。確か姉は七月の末に一度仕事を辞めたはずだ。

元上司であった葦原さんが何か強い思いを籠めて『どんなときも。』を奏弾室で弾いた。その後、あまり間をあけずに次の仕事を決めていた。その時にはもう八月だったような気がするのに、カレンダーを見るとまだ七月なのだ。

「俺、疲れてるのかな……」

ソファに座り込むと、姉が隣に座った。

「これ、懐かしいね」

しばらく前に沙良からもらった楽譜を、手に持っていた。

「次の生徒さんは『死の舞踏』を練習するんだ」

沙良が幽霊かも、という話題からは離れたがっているようでもあった。テレビをつけると朝の情報番組が流れている。子供たちは夏休みに入って一週間ほどですね、などと言っている。佑介は混乱してこめかみを押さえた。

「佑介」

姉の温かい手が頬に当てられた。

「あなたは心に傷を負っているの。急ぐことも焦ることもないんだよ。……仕事に行ってくるね」

姉が出勤し、佑介は立ち上がって部屋に入る。幼い頃から大学に入るまで過ごしたどこよりも馴染み深い場所なのに、そこから出ていけと言われているような不快感があった。よく知っているはずの天井のしみ、本棚に並ぶ背表紙の一つ一つが不協和音を奏でてこちらを詰ってくる。

家事をしておくように言いつけられていたことを思い出して、逃げるように動き始める。既に脱水の終わった洗濯物を物干しにかけていると、うるさい程の蟬の声が四方から押し寄せてきた。

二

耳元で音にならない音が喚きたてている。蟬しぐれの壁を、別の強い音が貫いて佑介に届いた。元気づけられるような明るさはないが、今の自分にはぴったりと合っているような気がした。

目を開けた時、そうなっていたらいいなと思う景色が目の前にあった。手のひらの冷たさと、涼やかで甘い香りが心地よく合わさって意識の中へと入ってきた。

「……また倒れてましたか？」

「よく倒れる子。墓地と奏弾室の間で倒れてるもんだから、見つけるのが遅いとそのままこの山の土になってしまうよ」

ハスキーな声が耳に優しい。

「病院行った方がいいんですよね」

それには答えず、

「熱中症は怖いから、気をつけて。今日も新しい生徒さんがくるわ」

と言って部屋から出て行こうとした。

「沙良さん」

呼びかけると足を止めて振り向く。

白く、細い腕がキャミソールの肩口から伸びている。指も長く、しなやかだ。だがその横顔を見て、どきりとした。それは好意を寄せる女性の美しさに接した時のものではなく、暗闇で白磁の肌を持つ人形を見た時の恐れに似ていた。

「今日レッスンされる人は、どんな人ですか」

「若い女性。練習曲はリストの『死の舞踏』」

沙良の口から曲名を聞くと、不思議と凄みがあった。ただ、題名はおどろおどろしいが、決して暗鬱なだけの曲ではない。悲しみと荘重な調べで死者を送る重みのある曲だ。

「ここ何曲か続いていますね。その……死を連想させるような曲です」

「怖い？」

「別に曲が怖いとは思いませんが」

そうじゃなくて、と沙良は佑介をまっすぐに見つめて言った。

「死が怖い？」

「それは……」

まだ大学生だ。自分の死を考えるには早い。

「早すぎることなんてない。人はいつか死ぬし、必ず死ぬ」

小百合さんの家で見た少女の写真が重なって、佑介は思わず声を上げた。動悸が激しくなり、きんと頭が痛くなる。

「もう少し休んでて」

そう言って沙良は部屋から出ていった。後ろに体を倒すと、沙良の香りが布団から立ち上った。はっとなって再び体を起こすと、また彼女のベッドに横たえられていることに気付いた。

部屋のカレンダーを見ると、やはり七月だ。佑介の中には確信があった。奏弾室に初めて来た日のことを憶えている。その前に、とても辛いことがあった。

何よりも大切なものを失った記憶だけが残っていて、何を失ったのかはわからない。冷静に考えてみるとそれもおかしな話だ。魔法のようなものをかけられているのかな、という妄想が頭に浮かんでくる。

ただ、その妄想は悪いものではなかった。

「秋葉佑介がいるのは、松田沙良の夢や思い出の中……」

言葉にすると、甘い香りが口の中一杯に広がっていく気がした。洋館の廊下を通じて、ピアノの音が流れてくる。もう一度念を押すようにカレンダーを見れば、やはり七月だ。そういう物語をどこかで読んだことがある。

人生最高の、もしくは最悪の、最後の一時期を繰り返す物語だ。

彼女の部屋から出ようとしたところで、また気分が悪くなって座り込んだ。熱中症の影響か、足に力が入らない。もう少し休んでいるように、という言葉に甘えて、ベッド脇に置いてあるクッションに体を預けた。

ベッドと同じく、やはり沙良の香りがしみ込んでいる。この部屋にはテレビがない。音楽教室の主の部屋だが、楽譜本も本棚にはないようだった。ただ、英語ではないヨーロッパの言語らしき背表紙がいくつか見える。

一冊手に取ってみると、それはどうやら、古い音楽の教本のようであった。いわゆるクラシック音楽のルールは昔から不変だったわけではない。音階や記号などは時代や作曲者によって使われ方や意味合いが異なる。

ショパンのフォルテとモーツァルトのそれは表現が同じではない。当時使われていた楽器によっても、表現が変わってくる。例えば、ピアノの原型となったハープシコードにはピアノにあるような強弱を変える機能がない。

当時の譜面を演奏するには、そういった背景を知っておく必要がある。クラシックを仕事とする人が古典を学ぶのには、そういった理由もあった。

本からは古い紙の匂いが立ち上ってくる。この部屋の中で、沙良の香りがしない物があるのが、何だか不思議な気がした。表紙をめくると、アルファベットに似ているが異なる文字が連ねられている。

「ドイツ語、というわけでもなさそうだけど……」

節の頭が大きな装飾文字になっているのは、世界史の教科書で見たことがあった。文字によっては動物であったり人に見えるような装飾が施されている。

「人のものを勝手に触るな、といっても酷な話かもね。この部屋に佑介くんを寝かしつけて一人にしたのは私の責任」

開いた扉から沙良が顔を覗かせていた。

「いえ、そんなことはありません」

佑介は慌てて本をしまい、すみません、と頭を下げた。

「本以外には何も触れていません。誓って」

「別に何に触ったって見たって構わないよ」

沙良はここ最近時折見せる乾いた表情を見せた。

「見たかったら何を見てもいい」

沙良は近づいてきて、佑介は思わず後ずさった。

「この本」

彼が慌てて本棚に戻した一冊を手に取り、大事そうに手のひらを置く。

「古い、古い、音楽の本」

「譜面、じゃないですよね」

「譜面というより、詩の本と言った方が近いかな」

何語ですか、と聞くと、

「ルーン文字で書かれているの。ラテン文字がヨーロッパで広まる前、ゲルマン人や北欧の人たちが使ったと言われているわ」

かくかくとした長短の棒を組み合わせて文字にしてある。アルファベットに似た形のものもあるが、意味がわかる言葉は全くない。

「物語の世界では、魔法の文字として扱われていることも多いね」

「確かにそんな雰囲気ありますね……」

本の装丁が中世風で飾り文字で彩られているのでより神秘的に思える。

「魔法の本って、いいですね」

「でもルーン文字だって昔は普通の人々が日常使っていたものなのよ。お寺で見るような梵字は、日本では仏さまの力を象徴すると思われている。でも、もともとはインドでごく普通に使われていた古い文字なんだよ」

オカルト本として読んでいるのではない、と沙良は言いたいようだった。

「じゃあ、この本は……」

「古くから残っている詩や曲には、強い力が籠められていると私は思う」

佑介が戻した本のページを開き、低い声で読んで聞かせてくれた。意味はわからずとも、独特の旋律と共に読まれているのは理解できた。歌とも詠唱ともつかない不思議な言葉だ。

「魔法の呪文みたいです」

「そうね」

沙良は少し笑った。

「どんな言葉でも、それを組み合わせる人、表現する人によってとてつもない力を発揮することがある。音楽もそう。言葉を超えることができる」

「だから奏弾室のような仕事をしている……」

「音楽はいいよ。詩も言葉も音と旋律を伴えばその力を何倍にもできる。過去と未来を自由に行き来することだって不可能じゃない。昔の人はよく知っていたのね。だから人智の及ばない存在にメッセージを送ったり願いを捧げる時には、必ずといっていいほど音楽を奏でたの」

「人智の及ばない存在……」

佑介はルーン文字の記された古い本に目を落としている沙良の横顔を見つめた。透き通るように白く、触れるとひやりと冷たさを感じるような頬だ。

この人こそが、人智を超えた何かではないのか。幽霊なのか神様なのか、それとも死神なのかはわからない。

「私はただの人よ」

「そうとは思えないんですが」

「もし私が神さまとかそういう存在なら、こうして音楽や古い詩の力を借りることはしなくていい。そう思わない？　人を超えた存在は音楽を楽しむことはあったとしても、その力を借りることはないと思うんだ」

沙良は本を棚にしまった。

「さ、そろそろ気分も晴れてきたかしら」

佑介は頷いて立ち上がる。

「次の生徒さんも僕が見ればいいんですか？」

「今のあなたにはどんな人だって見れるし、どんな音楽だって奏でることができる」

沙良はいつもの奏弾室のからっとした気配を取り戻していた。

三

この日、生徒さんに会うことはできなかった。

「そうね、少し準備をしてからの方がいいかな」

沙良がそんな言い方をしたからである。

「準備って生徒さんの準備ですか」

「佑介くんの準備よ」

「確かにもう少しかかりそうですね……」

「今回の生徒さんはちょっと厄介(やっかい)だからね。佑介くんもしっかり仕上げてもらわないと」

色々な意味で厄介な生徒さんが集まる奏弾室だが、どうやら格別の人が来ているらしい。レッスンルームは特に防音が施されているわけではなく、誰かがピアノを弾いていると洋館のどこにいても音は聞こえる。

佑介は二階にいた。いつも通り洋館の掃除をしていると、二時間ほどはあっという間に過ぎていく。弾いている人の技量にかかわらず、ピアノの音を聴きながら雑用をこなすのが楽しくなっていた。

「この曲、夏に合わないよな」

掃除を中断して夏空を見上げる。グレゴリオ聖歌などに影響を受けたと思われる幽玄さを伴った調べが青い空には似合わない。だが、白く厚い雲が不意に太陽を遮った。

蟬の声が一瞬止まり、枝を揺らしていた風も息をひそめる。生で溢れていた世界の隙をついて、死が踊り始めた。

それは沙良の本棚にあったルーン文字の詩集を思わせる異界の気配が漂っていた。

佑介は一瞬にして世界を満たしている死と闇を感じた。旋律が見えないはずの真理を突き付けられているような気がして、佑介は呆然となった。

階段を上がってくる足音で、ようやく我に返った。

「まだ気分が悪い？」

汗をかいたのか、沙良は服を着替えていた。

「長袖なんですね」

黒いカットソーは夏の装いとしては珍しい。

「夕方からぐっと冷える予報よ」

沙良は佑介の横に立って、空を眺めた。沙良の視線に応えるように、雲が晴れて太陽が顔を出す。蟬が一斉に鳴き始め、死の舞踏は消え去った。

「『死の舞踏』という曲を作ったリストという作曲家、知ってる？」

「ピアニストで作曲家。かなり華やかな一生を送った人という印象ですけど……」

「ちょっと変わったところもあってね」

若くして死に執着していたという。

「病院や監獄などを好んで見に行っていたそうよ」

悪趣味だな、と佑介は思った。十九世紀のそういった施設は、お世辞にも衛生状態がいいとはいえなかったはずだ。

「曲作りのインスピレーションを得るために、死や病を感じられる極端な場所に行った。そこまでして、吐き出さなければならない何かが、彼の中にあった」

佑介は作曲をしたことがない。曲を演奏するための教室に行くことはあっても、曲を自ら作ろうと思ったことは一度もなかった。曲は常に、どこかから与えられるものであった。

「私も曲を作ろうとしたことがあった。私は音しかわからない。聞こえているのに良し悪しがわからないのは辛くてね。作る側に回ればその苦痛も減るかと思ったの」

沙良が思いもかけないことを言った。

「作曲すること自体は、難しくない。調と進行を決めて、それも複雑でないものを三つも組み合わせれば曲らしきものができる。でも、曲ができたからといってそれが人の心に残るのは難しい……」

日本だけでも無数の曲が日々生み出されている。そのごく一部が人前で演奏され、さらに限られた一部が音源に残されて命を永らえる。その中でも長く人に愛され続けるのはとてつもなく稀なことだ。

奏者でも作曲家でもない道を、沙良は見つけた。でもそれは、何か不思議な力と繋がっている。悪魔に魂を売り渡して不思議な力を得るという話は聞いたことがあるが、沙良がそうなのか確かめてみたかった。

「思った以上に知りたがりなんだね」

気付くと沙良の顔が近くにあった。

「知るのはいけないことでしょうか」

「その人の立場による、かな」

言葉を発しようとしたくちびるが一瞬柔らかい何かで塞がれ、すぐに離れた。

「ちょっと……」

「佑介くんは面白いね」

「な、何がですか……」

佑介は沙良の行動に戸惑っていた。

「いけないことかな？」

いけないことでは決してなくて、佑介の心は躍りあがっていた。だがその一方で恐れのような感情も強まっている。

「これも準備ってことですか」

「そう」

可愛らしく頷いて見せた。

心を弄ばれているのだとしたら、腹立たしいことだ。

「もしかして、からかってます？」

「そう見えるんだね」

今度は一転して悲しげな表情になった。その一つ一つの変化に、佑介の感情は振り回された。少女のようであったり、全て見透かすような成熟を感じさせたりとついていけない。このまま、その細い肩が軋むほどに抱きしめたいという衝動が湧き上がり、佑介は懸命にそれを抑えた。

「僕は」

　衝動の代わりに、ここ最近の願いを言葉にした。

「あなたのことをもっと知りたいんです」

「知ってどうするの？」

　その先は、考えてあるようでまだ定まっていなかった。沙良の正体が佑介の理解を超えているものだったとして、何ができるのだろう、何をしたいのだろう、という答えも定まっていないのに、相手を知りたいという軽率さにいまさらながらに気付いた。

「やり直し」

　沙良はおかしそうに笑って身を翻す。

「やっぱり、準備はまだ整ってないってことね」

　そう言い残して階段を下りていった。

四

　それから数日間『死の舞踏』のレッスンを沙良は続けた。佑介も家での時間のほとんどを、練習に費やしている。佑介はどういうわけか、その生徒さんの顔を見られないでいる。沙良が佑介を遠ざけているわけではないのに、気付くとレッスンが終わっているのだ。佑介の心がどうにもならない程に波立って、奏弾室にいると冷静ではいられないのだ。

「若い男の子なんだから仕方ないんじゃない」

姉にはその一言で済まされた。

「でもね、誰かのことを好きになって心が揺れるのは、悪いことじゃないよ」

「好きとかそういうのじゃ……」

「好きじゃないの？」

「いや……」

否定できない程に気持ちは高まっていた。頬に触れさせてくれたり、決して嫌われているわけではないと思う。そう思いたい。

「どうしたい？」

姉は探るような目で訊ねてきた。

「沙良さんに恋人になって欲しいと思ってる？」

「……思ってる」

そうか、と姉は俯いてため息をついた。

「自然なことよね。だったら、うまくいくといいな」

「姉貴だったらどうする？　片思いをしてて、その相手の正体がよくわからなくて、しかも思わせぶりな場合」

何かを思い出したのか、姉はくすくすと笑い出した。

「そうだ佑介、今日の夜は暇？」

「奏弾室には行くけど、多分大丈夫」

「じゃあ七時に谷津塚の駅前で。たまには外でご飯食べようよ。お店はこちらで決めておいていい？」

「それは構わないけど」

姉からそんな誘いがあるのは珍しいことだった。姉が出勤した後、佑介も家を出る。いつも通り谷津塚山に向かって自転車を走らせると、夏の熱気が体を包んだ。山に近付くにつれて蟬の声が激しくなり、墓地の駐車場で自転車を止める頃には耳鳴りがするほどだった。

「今日はいつにも増して元気だな……」

カレンダーもテレビもネットもすべて、七月に巻き戻ったままだ。自分の頭がおかしくなっているのか、本当に不思議な世界に迷い込んでいるのか、まだはっきりとしない。谷津塚山の山裾にできるアウトレットモールの工事は、やはり進んでいないはずだ。

時間が本当に巻き戻っているのだとしたら、当然工事の進捗も戻っているだろう。奏弾室に面しているのとは反対側の墓地の端まで行くと、工事現場が見えるはずだった。

佑介はそこまで急いで山裾を見て、思わず息をのんだ。

だが、工事は目に見えて進んでいた。その範囲は、前に見た時よりも奏弾室に近付いているようだった。

どうなってるんだ？　と混乱しながらいつもの洋館へとたどり着く。建物を囲む木立はいつものように深くて濃く、蟬の声も一段と激しい。どこからか、あの曲が聞こえてくる。

レッスンルームから聞こえる『死の舞踏』は騒がしい蟬の声の間を縫うように山の中へと広がっていく。今日教わっている人が誰なのか、佑介はまだ知らない。

そっとレッスンルームの窓に近付いていく。手前の部屋で確かめると、目は窓枠よりも上に出た。

「かなりいいね」

沙良の声が聞こえた。教わっている人が何か返答しているようだが、蝉の声に邪魔されてはっきりとは聞こえない。部屋にはレースのカーテンがかかっていて、中を覗いてもシルエットはわかるが顔は見えなかった。

「もう少し……」

レッスンルームには空調がないのに、窓はぴっちりと閉められている。それでもあれだけはっきり旋律が聞こえてきたのだから、奏者の力量は相当なものだ。もちろん、それはただ大きな音を出しているから、というわけではない。

一つの楽器を演奏しても、奏者の技量、精神、肉体を反映して同じ音が出ることはない。ピアノは特にそうで、同じ強い音でも広がる音を出す人、一直線に貫くような音を出す人、茫洋と近くで消えてしまう音を出す人と様々だ。

風が吹き込まないのでレースのカーテンが動かず、中が見通せない。見つからないように顔の位置を変えているうちに『死の舞踏』が終わった。その時、腐っていたのか摑んでいた窓枠の一部が脆くも崩れてしまった。

「わ！」

しまった、と思う間もなく声が出てしまい、尻もちをつく。窓の開く音がして見上げると、沙良が呆(あき)れた表情で見下ろしていた。

「彼女の顔、見た？」

「そう言うってことは、女性なんですね」

入ってきなさい、とどこか厳しい表情で沙良は命じた。

五

玄関からレッスンルームへの廊下をたどって、ふと不審に思った。さっきまでレッスンを受けていた生徒さんとすれ違っても良さそうなものなのに、その姿を見ることはなかった。

「裏口があるんですか？」

部屋に入るなり佑介は訊ねた。

「それより先に言うことがあるんじゃないかな」

「覗き見してすみませんでした」

素直に頭を下げた。

「よろしい」

沙良は表情を和らげた。

「この建物に裏口はあるけど、道はないよ」

日々掃除をしているから、洋館の内外には詳しくなった。勝手口のような扉はあるが、来客がそこから出入りすることは不自然だし、その先はすぐに深い木立となって道もない。

「まだ会うべき時じゃないってことだ」

「そう焦らされると余計に会いたくなります」

「不満？」

こういうことを言う。

「不満はありませんが、気になるんです」

「もう少しで仕上がるから」

ここのところ、生徒さんの練習に付き合うことはあっても、レッスンが必要ならやはり沙良が見ていなければならない。それにしても、準備や仕上がりといった言葉が気になった。

「そんなに見たいものなのね」

沙良は譜面をしまいつつ言った。

「まあそうか。なんでも隠せば知りたくなるのも人情かな」

「そうですよ。別にレッスンの邪魔をするわけじゃないですし」

佑介は生徒さんが誰なのか聞いてみた。

「だから、その人に会わせるにはまだ準備が足りないんだ」

「ほら、またそうやってもったいつける」

どこか甘えたような口調になっていることに気づき、顔が熱くなった。

「拗ねないの。彼女にレッスンするとして、まずは佑介くんも練習していかないと」

練習ならしている。そう胸を張って言えるようにはなってきた。

「難しい曲でしょ？」

確かに簡単な曲ではない。ただ、譜面通りに指を運ぶのはさして難しいわけではない。沙良の場合、曲の表情だとか情感をあれこれ言われるわけではない。はじめは鍵盤に向かうのも怖かったが、最近は弾くこと自体は負担にならなくなっている。

「ちょっと聴かせてくれる？」

人前で弾くのはやはりきつい。だが、姉の前では弾けるようになっていた。頷いた佑介はピアノの前に座る。レッスンに来ていた人は小柄だったようで、座るところが高く上げてあった。

「楽しくなってきた？」

「まだそこまでは……。それにそう簡単に弾きこなせるような曲じゃないです」

「昔を思い出すでしょ」

「そうですね、って沙良さん、僕の昔を知らないでしょ」

「佑介くんはどうして私が君の昔を知らないって知ってるの？」

　佑介はまじまじと沙良の顔を見つめた。いつも通りに涼風（りょうふう）が吹いているような顔をして、本当なのか嘘なのかよくわからない。だが、肩に入っていた力は抜けた。

「譜（ふ）めくりは私がするね」

　短い曲ではないし、暗譜できるほどは弾きこんでいるわけではない。素直にお願いして、指を鍵盤に置く。弾き始めれば指は動く。前のように指先から冷汗が出ることもほとんどなくなった。

　リストは教会で『死の勝利』というフレスコ画を見たことで、曲のインスピレーションを得たと言われている。キリスト教の考えでは、死者の魂は最後の審判（しんぱん）の日に神の前に集められ、裁きを受ける。

　これほど長く難しい曲を弾くのは久しぶりのことだった。緊張はあまりなかった。

それほど緊張せずに済んでいるのは、沙良があまり演奏の巧拙（こうせつ）を言わないのを知っているからだ。

何度もつっかえたが、沙良がうまく譜めくりをしてくれたおかげで何とか最後まで弾ききることができた。

「しっかり練習はしてるみたいだね」

譜面通り弾けばいい、というアドバイスはありがたかった。『死の舞踏』のような曲は特に、技巧と共に情感が大切になる。譜面通りに弾くのは基本的なことだが、それだけではよい演奏といえない。

「でも、もう少しかな」

「もう少しっていうのは、準備が足りないってことですよね」

「そういうこと」

「何が足りないんでしょう」

それは教えてもらえなかった。だめだだめだと否定されるのも辛いが、何が足りないのか自ら気付けというのも大変だ。ピアノに限らず、おおよそ楽器というものはとてつもない時間を練習に費やして、自ら気付いていくものだ。

「僕が仕上がる前に生徒さんの方が完成しそうですね」

「それはそれで悪くないけど、あちらももう少しかかりそうだから」

家でもしっかり練習していなさい、ということだった。佑介はもう一度、気持ちを楽に保って弾いてみた。沙良は何も言わずに譜をめくってくれたが、先ほどよりも力を抜いて弾き終えることができたのは確かだった。

とにかく、十分ほどはある長い曲を最後まで弾ける。あれほど嫌だったピアノが、楽しいと思えるようになったのは、この人のおかげだった。

「あの……」

思い切って一度弾いてくれるよう頼んでみた。

「珍しいね」

「沙良さんならどう弾くかな、と思って」

入れ替わって彼女が鍵盤の前に腰を下ろす。椅子の位置を調整する時に耳にかけていた髪がはらりと落ちて、背中が震えるような艶が生まれた。

沙良の奏でる『死の舞踏』は、正確無比であることはわかった。譜面通り弾くことを心掛けている佑介よりも何倍も精緻で、作曲家が譜面に籠めた全ての意図を再現しようとしている。

「……凄いですね」

「自動演奏のようでしょ？」

ふふ、と沙良は笑った。

「本当に音の良し悪しがわからないんですか」

ここまで正確に演奏できる人に、音の心が表現できないというのも何だか不思議な気がした。

「そんなこと判断できる人なんて、いないのかもしれないね」

「僕は……沙良さんの音が好きです。掃除をしていても、この洋館に向かっている時でも、ピアノの音が聞こえてくるとほっとします」

「それは私の演奏に感情がないから。生きていないからよ」

「でも。好きなんです」

「誰かに音を好きになってもらえたら、それも奏者としてのゴールの一つ」

でもね、と沙良はいたずらっぽい笑みを浮かべた。

「君が好きなのは私の音だけじゃないものね」

それに反論することはできなかった。

六

沙良は用があるとのことで、一足先に奏弾室を後にした。自分の演奏に足りないものが多くあるのはわかっている。自分の奏でる音が良いのか悪いのか、人にどう聞こえているのかを判断することができない。

いつものごとく長居してしまっていたので、日が翳り始めていた。時計を見ると六時を回っている。由乃が一緒に食事をしようと誘ったのは、谷津塚の駅前にある古い洋食店だ。

自転車を飛ばして駅へと向かうと、目の前に街並みが広がった。夕日の色に染まりつつある街のあちこちで、ぽつりぽつりと明かりが灯り始めている。その一つ一つに、誰かがいる。

住宅地に入ると蟬の声の代わりに、楽しげに話す声やピアノを練習する音が聞こえてくる。部活帰りらしき中学生が辻で手を振りあっていた。

駅に近付くにつれて、会社帰りの男女の姿が増えてくる。スマートフォンの画面を見ながら歩いている若いスーツ姿の男が、ふらふらと佑介の前に出てきた。急ブレーキをかけて文句を言おうとした。だが声を掛けても彼はこちらをちらりと見ようともせず、住宅地の方へと歩み去った。

姉に指定された店は、駅前の商店街の中にあった。佑介が子供の頃はまだ賑わっていたが、ここ最近はシャッター通りとなってしまっている。

多くの店でシャッターが閉まっている中でも、気を吐いている店はいくつかあるらしい。ただ、アーケードの下が寂しいことには変わりない。白い電灯に照らされているが、ところどころ切れているのもよりさびれた雰囲気を出してしまっていた。

姉に言われた店は、商店街の駅から離れた側にあった。その洋食店の名を『マクシム』という。しばらく谷津塚を離れていた佑介は知らなかったが、この店は最近開いたものらしい。ダークブラウンの木の扉があり、その上に温かい色の光が灯っている。

扉を開けると、からん、と澄んだ鈴の音が一つ鳴った。

「いらっしゃいませ」

店の中は薄暗く、五つほどあるテーブルの上には小さなキャンドルが灯っている。洋食屋らしい、肉を焼いたり煮込んだ優しく香ばしい匂いが鼻の中に流れ込んでくる。

先客が二組いる。一組は男女で、もう一組は女性の二人連れだ。

「こっち」

女性二人のうちの一人が佑介に向けて手を上げた。姉と女性が向かい合って座っている。

「ごめん、先に始めちゃった」

ワイングラスが二つ置かれ、赤ワインのボトルも置かれている。佑介は姉の連れを見て、思わず声を上げた。

「葦原さん、ですよね」

「憶えててくれたのね」

姉のために『どんなときも。』を弾いてくれた、姉の元上司の女性である。

「まだあのピアノ教室に通っているの？」

「ええ」

「いい教室よね。建物もいいし、沙良先生も素晴らしかった。座って」

姉ははじめ葦原さんと向かい合って座っていたが、佑介が来ると葦原さんの隣に移った。

「ここは私が見つけて由乃に教えたんだ」

「葦原さんも谷津塚にお住まいなんですか」

「私は荻窪（おぎくぼ）よ」

荻窪は谷津塚よりもずっと都心に近いし、路線も違う。

「なのにこんなマニアックな店を……」

「由乃の地元でおいしいご飯を食べたいじゃない？」

二人は視線を合わせて微笑(ほほえ)んだ。この二人の間に流れる空気は、間違いなく特別なものだ。それは佑介の知らない世界かもしれなかったが、とても心地よい空気が二人の間には流れていた。

「さ、何でも聞いて」

佑介が奏弾室と沙良のことを深く知りたいと言ったから、姉がセッティングしてくれたのだろう。

「奏弾室を知ったきっかけね」

葦原さんは首を傾(かし)げた。

「夏に入ってから知ったの。あの墓地にお参りにきて、するとピアノの音が聞こえてきた。後でそれが『ラ・カンパネッラ』という曲だってことを由乃が教えてくれた。ともかく、呼ばれてる気がして。自然に足が向かったわ」

それは奏弾室を訪れた人に共通することだった。

「普通に考えたら、あの墓地から奏弾室のある洋館までは数百メートルある。それに夏に入ってたから蟬の声がすごいし。聞こえる方が不思議なんだよね」

この洋食店は厨房に一人初老の大柄なコックがゆったりと優雅な身のこなしで働いていて、ホールを担当しているのも白髪をきっちりと整えた長身の男性だった。

ワイングラスを佑介の前に置き、軽く会釈をして去っていく。

「料理はこちらで頼んでおいたわ。由乃に好き嫌いは聞いてあるけど、何かご希望は？」

「いえ、特に」

「じゃあ乾杯しましょう」

ワインなど飲んだことはないが、葦原さんに勧められるまま口に含んだ。酸味とも甘みともつかない味が口の中いっぱいに広がる。貪ってはならない禁忌の気配すらするのに、気付くとグラスを空けてしまっていた。

「ワイン、お詳しいんですね」

「全然。お勧めされるのを飲んでるだけ」

葦原さんがボトルに視線を向ける。すでに七割方がなくなっているが、二人の頬が赤らんでいる様子はなかった。

「奏弾室の秘密を知りたい、か。目に見えないものはそのままにしておくのもいいと思うけど。私も沙良さんのプライベートを知っているわけではないし」

葦原さんがグラスにワインを注ぐとボトルは空になった。新しいボトルが運ばれてくるまでの間、佑介は奏弾室で見聞きしたことを葦原さんと姉に話した。

「なるほど。カレンダーが巻き戻ってる、と感じるのね」

笑うでもなく、葦原さんは佑介をじっと見つめていた。

「病院に行った方がいい、と普通なら言うところだけど、きっとお医者さまでは佑介くんの中にある疑問を解消することはできない」

やがて料理が運ばれてきた。濃いブラウンのスープから湯気が立ち上り、デミグラスの食欲をそそる匂いが立ち上っている。大きくカットした牛肉とにんじんがその中に浮かび、牛肉にスプーンを入れると力を入れる前にほろりとほどけた。

「これ……」

一口食べて佑介はしばらく動けなかった。

「姉貴が作ったの？　家の味がする」

「まさか」

姉はくすりと笑ったが、一口食べさせると目を見張った。

「確かに似てるけど、私のシチューよりずっとおいしいよ。私もこれくらいうまくできたらいいんだけど。今度また作ってあげる」

　忘れていた何かを思い出させるような、懐かしい味がした。姉の前にはチキンソテーが、葦原さんの前には魚のトマト煮込みが置かれていた。佑介はシチューをあっという間に平らげた。

「食べ方が若いね」

　そう言われて恥ずかしくなった。

「料理の世界も凄いよ。本当においしいものは、人の心を奪ってしまう。音楽もそうだけど、誰かの心を動かせるって素晴らしいこと」

　ほんのりとした酔いが回り始めた。目の前に座る葦原さんの姿がぼやけて見える。

「でも、何かを探ろうとする時は、自分の中をまず浚ってみるのがいいかもよ」

「自分の中？」

　ほんのりとしたキャンドルの光が暗い店内を照らしている。

　葦原さんと言葉を交わしているうちに、店はほぼ満席となっている。この味なら納得で、佑介は姉にたしなめられるまで、バゲットでシチューの皿を拭い続けていた。

「佑介くん、一つ相談があるんだけど」

　仕事のできそうな怜悧な表情で葦原さんは少し身を乗り出してきた。

「沙良さんのこと、調べるのは止めておかない？　もちろん、佑介くんがいまの状況を不審に思っているのは理解できる。当たり前よね。不思議なピアノ教室、正体のわからない先生、それに巻き戻る時間……。でも、全てが永遠に続くわけじゃない」

謎に思っていることが明らかになると、何か変化が起きる。ぼんやりとではあるが、推測していることならあった。

「僕たちは沙良さんの夢の中か何かにいるような気がするんです」

常軌を逸した言葉を口にしている自覚はあった。だが、葦原さんも姉も、沙良に関わった人だ。二人は顔を見合わせたが、笑いもしなかったしため息もつかなかった。

「もし私たちが彼女の夢や妄想の中にいるとして、それがいけないこと？」

姉は家で佑介に言った言葉を、再び穏やかな口調で言った。

「姉貴はいいと思ってるの」

困ったような表情を浮かべたが、否定も肯定もしなかった。異常な世界にいることは姉も葦原さんも理解しているのは間違いなかった。

「いいとは思わないけど」

姉はためらいがちに口を開いた。

「無理に終わらせる必要もないと思う」

不意に店内に拍手が沸き起こった。はっとして辺りを見回すと、店の中央に置いてあるグランドピアノに光が当たっている。店の扉が開いて、一人の女性が入ってきた。すらりとした長身だが、魔法使いのようなローブを羽織り、顔も隠している。

「あれ、沙良さん？」

佑介が訊ねても、姉も葦原さんも答えてくれない。その人が弾き始めたのは『死の舞踏』だった。やがて顔もあらわになる。美しい横顔をしていた。どこかで見たことがある。黒いローブのせいですぐにはわからなかった。佑介の記憶に残っているのは、ウェディングドレスに包まれた華やかな写真だ。

「益田さんの娘さん……。でも、あの人はもう」

と思った瞬間に佑介は四肢がこわばるのを感じた。硬直した体の周囲で『死』が踊りだす。佑介は耐え切れず叫んだ。

このまま気を失って、また目が覚めたら、奏弾室だったら、沙良の部屋だったらいい。そう強く願った。だが、次に目が覚めた時。佑介は蟬時雨の中にいた。その音の壁を貫いて聞こえてきたのは連続して鳴る鐘の音、『ラ・カンパネッラ』の主旋律だった。

最終話
ラ・カンパネッラ

一

楽しいほど時の経(た)つのは速く感じられるという。

それでも、幼い頃の夏休みは永遠に感じられた。冷たい麦茶が喉(のど)を通り過ぎていく。風鈴(ふうりん)の音と蟬(せみ)の声が窓の外から流れ込んでくる。

今日が何月何日なのか、うまく思い出せない。

夏休みの時期に入って、奏弾室(そうだんしつ)というピアノ教室に通うようになった。そこにいる松田沙良(まつださら)という美しい女性が、助けを必要としている人にのみ聞こえる音色で生徒を招き寄せている。

そうして谷津塚山(やつづかやま)の中腹にある洋館を訪れる人たちは、何がしかの切迫した事情を抱えていた。奏でなければ解きほぐすことのできない、大きなわだかまりを心に抱いている。そういう人たちばかりだった。

沙良の仕事を手伝うのは、佑介にとっては不思議な体験だった。自分が音楽を奏でるという場所から逃げていることも忘れるほどに、彼らの音楽は美しかった。始めたばかりのレベルであろうがプロ級の腕を持っていようが、彼らの音は佑介の心を惹きつけた。

そんな日々の中で、一つだけわからないままのことがあった。

それは松田沙良その人のことである。

然るべきところに調べるよう依頼すれば、簡単にわかることなのかもしれない。だが、本人に訊ねるのも誰かに頼むのも気が進まなかった。

ただ、彼女がどこから来たどんな人物で、これから何をしようとしていて、そして自分のことを何と思っているのかを、佑介は知りたかった。

「やめときなよ」

朝食を食べつつ、由乃は止めた。

「あなたは女の子の部屋に勝手に入る趣味があるの?」

珍しくきつい口調だった。

「そんな趣味あるわけないだろ」

「佑介がしようとしているのはそういうことだよ」

　さすがに佑介もむっとした。

「じゃあ、姉さんはあの人が何者なのか気にならないの？」

「大切な人にピアノを教えてくれた恩人だよ。そこにはお世話になったという事実があるだけ。それ以上のことを知る必要があるのかな」

　ぐっと詰まったが、やはり好奇心は抑えきれない。

「佑介は沙良さんのことが好きなんだよね」

　由乃は踏み込むように訊いた。

「ま、まあ、そうだけど……」

「好きな人のことを知りたいなら、その人の近くにいられる方法をまず考えたらどうかな」

　そうだった。姉のことを誰よりも大切に考えてくれている葦原さんという女性は、由乃に想いを伝えるために、由乃が暮らしのために絶ってきたピアノでメッセージを送ったんだ。

　沙良のことを詳しく知るには……、と方法を考える。

「僕が生徒になるのは？」

「教わるって……大丈夫なの？」

　由乃は目を丸くしていた。

「あれだけ嫌がっていたのに？」

　指が動かず、音がわからなくなるほどに追い詰められた。

　そういえば、昔コンクールに出ようとした時、最後に弾こうとした曲の譜面があったはずだ。佑介は本棚の隅にあった楽譜を数冊取り出して開いた。その様子を見ていた由乃は、

「今は弾きたいんだ」

「本当にいいのね？」

　何かを確かめるように繰り返した。

「どうして？　僕がピアノに関わるの、嬉しそうだったのに。沙良さんの近くにいる方法を考えろと言ったの、姉さんじゃないか」

「ピアノを弾くのも教わるのも大賛成だよ。でも、それと沙良さんの背景を探ろうというのは別の話じゃないかな」

「じゃあピアノ練習するだけにしとく。邪魔しないで」

どうして自分もきつい口調になるのか、佑介は慌てた。由乃も決まり悪げに立ち上がり、後片付けを済ませて会社へと向かう。

奏弾室に関わる前は、楽譜に触れることさえなかった。もちろん、一人暮らしをしていたアパートにも楽譜は一冊も持っていかなかった。それも当たり前のことで、佑介がピアノをやめたのは、もう十年以上も前のことだ。

あれはやはり、今年のように暑い夏だった。ピアノ教室は谷津塚駅前の雑居ビルにあって、今はもうビルごとなくなってしまっている。

ともかくその教室で、佑介は毎週毎週　音楽を嫌う心を植え付けられていたようにも思う。亡くなった母親は、音楽を聴くのは好きだったようだが、自ら習うほどではなかったらしい。

その代わり、子供たちには熱心にやらせた。

「楽器が弾ける方が人生の幅が広がるの」

母はそう言っていたが、だったら自分でやればいいのにとしか思えなかった。子供心に一度そう思ってしまうと、やる気が起きようはずもなかった。

とにかく、家で何度練習しても母が満足しないのが嫌だった。自分はピアノをやっているわけではないから、佑介の演奏の良し悪しがわかるわけでもない。

それでも楽譜を読めるようにはなったようで、どれほどうまく弾けても褒めてくれず、間違いはひたすらに叱られた。

教室の先生もそうだった。プレッシャーをかけてくれる人が練習で見てくれていれば、本番でプレッシャーに勝てる。本番でも緊張することがないと言っていた。

だがそれは全くの嘘だった。

発表会のステージに上がったら上がったで、失敗したら叱られるという恐怖が先に立って、結局はうまく弾けなかった。

「これだ……」

苦い思い出が湧き上がってくるが、以前ほどではない。

探していたのはリストの楽曲集だ。その中に『ラ・カンパネッラ』という曲がある。小さな鐘を意味するそのタイトル通り、鐘をちりちりと鳴らすような主題から始まる。

十九世紀のハンガリー生まれの作曲家、フランツ・リストは当時屈指の天才であり、またアイドルでもあった。だが彼にとってのアイドルがいた。それが史上最高の天才バイオリニストであるニコロ・パガニーニである。

彼の演奏を目の当たりにしたリストは、ピアノ界のパガニーニになることを願い、この曲を作曲したという。

これまでどういう背景で作曲されたものか、ほとんど知らなかった。楽譜を前にした時に作曲者の人生を考えたことなどない。どれほど気分が乗らなくても、明るい曲を注文されたら長調を書き、満たされていても、レクイエムを求められれば鎮魂歌を書く。そういうものだと思っていた。

リストの楽譜を持って奏弾室へ行こうとする。自転車にまたがったところで、姉のことを思い出す。これまで奏弾室に行くのを一度も止めたことがなかったのに、急に態度が変わって見えるのは、不可解で不愉快だった。

家の外まで出てしまえば、いつもと変わらない夏の青空が広がっている。この夏休みは、これまでになく楽しい。思い返せば、幼い頃ピアノをやっている時は夏休みに外で遊ぶということは滅多に許されなかった。うまく弾けたら遊びに行っていいと言われるが、うまく弾けたためしがないのだ。

結局は、夕方になるまでピアノの前に座らされて、ようやく終わった時には、もう友達も誰も家に帰った後なのだ。

だからこっそり、抜け出すことを覚えた。

谷津塚の山は自分が子供に戻ることができる、唯一の場所だった。山には全(すべ)てがあった。だが、黒と白の鍵盤に向き合うことより楽しい世界はやがて奪われようとしていた。

その時だ。

ピアノをやめるか自分が死ぬか、そこまで思い詰め、親に決死の反撃を試みて、そこでようやく両親の方が折れた。

あの時折れてくれなかったら、自分がどうなっていたかわからない。そして思春期の大半を無為に過ごしたおかげで怒りは鎮めることができた。

二

谷津塚の街中から自転車を飛ばして十五分程で、街の名前の由来となった、枕のような形をした山の麓(ふもと)へとつく。そこから自転車を押して急な坂道を登っていくと、墓地の下へと至る。

自動車は墓地の下の駐車場までしか入れず、自転車は墓地の上の舗装が途切れているところまでしか入れない。その先は　未舗装の山道が続いている。車も入れないような山の中にどうして古い洋館が立っているのか。その由来は誰も知らない。

墓地の下までくると、墓地の中に人影があるのが見えた。奏弾室に来た時、初めての生徒さんとなった男性、益田（ますだ）さんがじっと手を合わせている。彼女の娘さんは結婚を目前にして、世を去った。

　彼は娘さんの結婚を祝うためにピアノの練習をしていた。娘の前にあったはずの幸せな未来を祝うために、曲を奏（かな）でた。音がわからなくなった佑介にとっても、その演奏は特別なものだった。音に籠（こ）められた心を感じ取れるようになったのもこの時だ。

　だが、不思議な出来事があった。由乃に連れていかれたレストランで、世を去ったはずの彼の娘が見事な演奏を披露したのだ。

　佑介に気づいた益田さんは、一度手を振って近づいてきた。

「奏弾室に行くのかい？」

　頷いた佑介の手許を彼は見た。

「新しい生徒さんの楽譜かい？」

「ええ……いえ、僕が弾きたい曲があって」

「佑介くんが？」

　益田さんは驚いたような表情を浮かべて、しばし絶句した。

「そうか、ついに……」

　彼は深く頷いた。

「納得いくまで弾けたらいいね。でもどうして、また弾こうと思ったんだい？」

益田さんは墓地の方を見ながら、穏やかな声で訊ねた。

「少し気になることがあるんです」

「気になること？」

「それは？」

「沙良さんのことです。彼女が一体どんな人なのか知りたくなったのです」

「もし彼女のことを知りたいと思っているなら」

益田さんは墓地から目を離さず言った。

「今の立場の方がいい。師弟の間は近いようで遠い。教わっている時は上と下の関係があるし、最後は師を超えていかなければならない。決して同じ目線で並ぶことはないんだよ」

その言葉には強さがあった。

「教えてもらうよりも、すぐ近くで横から見ていなさい」

「でも……曲を通じて深い繋がりを結べるような気もします」

「師弟の絆というやつだね。でもその絆は、佑介くんが見たいと望んでいるものを決して見せてはくれないよ」

佑介は言い返せなくなり、頭を下げて去ろうとした。だが、その態度も失礼なように思えて振り返ると、あの披露宴での演奏を称えた。

「佑介くんは『死の舞踏』という曲を知ってるかい」

益田さんの言葉に、佑介はどきりとした。

「つい先日、演奏を聴きました」

動揺を隠して答える。

「それはどんな演奏だった？」

悲しく、重く、でもどこかに希望を感じさせる強さがあった。それは益田さんの音色から伝わる心に似ていた。

「私があの日を選んで弾いた『主よ、人の望みの喜びよ』は娘の得意な曲でね。彼女が発表会で弾いた時に聞いたそのままを再現したいと願っていたんだ」

「娘さんがピアノを習っていたのは子供の時ですか？」

「そうだよ。直子があの曲を弾いていたのは、もう十五年ほど前になる」

その時に教わっていたのは沙良ではないはずだ。十五年前なら、彼女はまだ中学生ぐらいだったはずだ。

「私も娘も沙良さんに教わったよ」

背筋に寒気が走る。冗談で言っているような顔つきではなかった。

「沙良さんは本当は何歳なんですか」

「彼女にとっては年齢は関係ない。その時に必要な人の前に現れる、音の妖精のようなものだ。佑介くんも聴いたはずだ。森を越えて奏弾室から流れてくるピアノの音色を。あの音に誘われた人だけが、あの洋館の中に入って学ぶことができる」

「……僕にも資格はあるんでしょうか」

「佑介くんは資格云々は関係ないよ」

「どうしてそう言えるんですか」

「この教室は君のために開かれている、とも言えるんだ。ちょっとしゃべり過ぎたかな。でも、これは本当だよ」

じゃあ、と手を上げて益田さんは墓地からの坂道を下っていった。佑介は奏弾室が自分のために開かれているという、彼の言葉の意味がよく理解できなかった。しかし、自分が奏弾室から招き流れてきた音に惹き寄せられたことは事実だし、そこには何か理由があるのかと自分を納得させた。

もうすぐで奏弾室に着くという頃に、金属を鳴らすような音が聞こえた。はじめは蟬の声かと思っていたが、どうやらそれは鐘の音のようだった。はじめは低く重い、夜を告げる晩鐘のような悲しみに満ちていた。

楽器としての鐘のことは、佑介にはよくわからない。だが、流れてくる音に籠められている心はわかる気がした。

谷津塚山には、昔から古い言い伝えがある。一匹の妖怪が住んでいて　その妖怪は腹を空かせると鐘を鳴らすという。かつて山の中腹にあったという古いお寺は早くに廃(すた)れ、そこに妖怪が住み着いた。人を食うと噂されたその妖怪は、鐘の音に引き寄せられた哀れな魂を食料にしていたという。

この夏休みの間に一気に工事は進んでいた。子供の頃、何よりのよりどころだった山が、切り拓(ひら)かれて赤い土をむき出しにしている。

坂道を登りきり、古い洋館の前に立った。昨日来たばかりだというのに、建物が急に古びたような気がした。外壁の塗装は元々剥(は)がれかけていたが、さらに色褪(あ)せたように思える。

窓ガラスにも何枚かひびが入っている。何か様子が変だと怖くなって、佑介は沙良の名前を呼んだが誰も出てこない。

洋館の中はあくまでも薄暗く、ピアノの音など聞こえてきそうにない。最近の不思議な出来事から、もしかしたら沙良がこの世のものではないのではないか、そのような空想を抱くようになった。

その空想が現実になったのかも、と佑介は震えそうになった。その時、後ろから背中を叩かれて彼は飛び上がった。

「どうしたの肩に力なんか入れて。ガチガチになってるよ」

少しハスキーな、でも耳に心地よい声が聞こえて、佑介は胸を撫で下ろす。

「どうしたの？」

佑介は自分もレッスンを受けたい、と願った。

「高いよ？」

少しおどけた口調で沙良は脅かした。

「そ、そうですよね」

子供の頃は月謝にいくらかかるなど、考えたこともなかった。もちろん、教室や先生によっても大きく異なるが、ピアノの個人レッスンは決して安いものではない。

「でも、これまでよくやってくれているし、時間が空いてる時は教えてあげる」

やった、と佑介は思わず拳を握った。

「そんなに嬉しいんだ」

沙良は驚いたような表情になった。

「初めて来た時は鍵盤に触れるのも嫌がっていたのにね……。持ってるのは楽譜だよね。何を弾きたいの？」

楽譜を渡すと、ほう、と息をついた。

「いきなりこれか」

「無理ですか」

「うちは生徒さんの望みにノーと言ったことがないの。未経験の人にも短期間で弾けるよう導いていく」

「益田さんのようにですか」

「そうだよ。弾きたいという意志と練習を諦めない心があれば、ある程度の曲は弾けるようになるから」

佑介は沙良に、益田さんの娘が幼い頃にピアノを教えたかを訊くか迷った。だが、彼の娘さんは確かに亡くなっている。遺影を飾り、来賓の姿もない。広い披露宴の会場を見れば、それがどれほど悲しくて辛いことだったのか容易に想像できる。

それだけではない。

祈りと願いが益田さんの演奏には満ちていた。その手伝いをできたことは、佑介にとっては名誉なことだった。

フランツ・リストが作曲したこの曲は、元々パガニーニというバイオリニストのものので、リストが彼の演奏を聴き感銘を受け、その主題を借りて作り上げたものだ。この鐘を立て続けに鳴らすような主題を同じくする曲は、いくつか異なるバージョンがある。そのうち最も難しいものは、世界でも数人しか完璧に弾きこなすことができなかったという。

佑介が家で見つけた楽譜は、そのうちのもっともメジャーなもので、通称を『ラ・カンパネッラ』という。

「あなたがピアノを習っていた時に練習していたの」

「やった覚えはあります。小学生の時です」

「大したもんだ」

しみじみと沙良は言った。

「コンクールに行けばもっとうまいのがいくらでもいました」

「ほら」

沙良は佑介の鼻を指でつついた。

「音楽は勝負じゃないんだから。音楽で勝負する場を否定するものじゃないけど、私も人と競（きそ）って勝つことばかり考えて、音を見失ったんだ」

佑介も自分がピアノを学んでいた時に、どの程度のレベルまで達していたか、ようやく思い出せるようになった。弾いていた自分の姿も、ある程度は覚えている。

普通にクラシックピアノを学んでいれば、練習曲は段階を踏んで難しくなっていく。一般的なものでは、バイエル、ツェルニー、ソナチネ、ソナタ、と続く。その他にもハノンや運指の練習曲があるが、当時の嫌な記憶が甦(よみがえ)ってきて思い出すだけで口の中が酸っぱくなった。

「ツェルニーくらいまでは、そこまで嫌じゃなかった気がします」

「リストの先生ね」

佑介が持ってきた譜面を見て拍子をとりながら沙良は言った。

「何だかタイプが違いますね」

「違うというか、ツェルニーが欲しかったものを全て持っていたのがリスト、って印象かな。この人、師匠がベートーベンで弟子がリストってすごいよね」

「プレッシャーなかったんでしょうか……」

想像するだけで寒気がするような境遇だ。歴史に残るような音楽の天才に上下を挟まれている。

「あったかもしれないけど、そのプレッシャーがツェルニーさんを偉大な音楽家にしたんだと思う」

偉大な音楽家という印象はなかった。練習曲はどれも退屈で、ピアノ教師や親の圧力を受けて少しでも早く先に進むことを求められた。ツェルニーの練習曲は数も膨大で、やってもやっても終わらない虚しさを感じたものだ。

「表現力や技巧では弟子や師匠には敵わない。でも、教育者や理論家としてならやっていける。誰もがリストやベートーベンの曲を弾くわけじゃないけど、ある程度ピアノを習う人ならツェルニーは必ずといっていいほど通るわけだから」

「なるほど……。沙良さんはどうなんですか？」

「私はリストでもツェルニーでもないけど、求められるのは嬉しいよ」

ぱたりと譜面を閉じた。

「随分傷んでるね」

「もうずっと昔に買ったものですから」

「使いこんでたの、わかるよ」

押し広げられて形の変わった背表紙を、沙良は指した。

「沙良さんは弾けますか？」

「型通りにはね。ひとつ訊きたいけど、どうしてこの曲を弾きたいと思ったの？　昔やったから？」

「家に楽譜があったんです。やったことは……」

そこで記憶が曖昧になる。

「弾いていたはずなんですが……」

「これほどの大きな曲を弾いたかどうか覚えてないって、おかしくない？」

沙良はゆったりとした口調で、しかし鋭く問いかけてきた。確かに彼女の言う通りだ。

「佑介くんはこの曲を弾かなくてはならない理由があると思ってる」

「はい……」

「もう一日考えてみない？」

沙良は言った。

「世の中に名曲は無数にある。何もこの曲を弾かなくてもいいんじゃないかな」

「技量が足りないんでしょうか」

「足りない技量は補えばいいよ。ただ、この曲を弾くのはもう少し先でもいいんじゃないかと思うんだ」

そこまで言われては佑介もそれ以上頼むことができなかった。

三

家に帰ろうと思ってふと山の方を見ると、工事現場が遠くに見えた。工事現場にはふさわしくない赤い回転灯が、いくつも灯っているのを見て、佑介は思わずそちらに足を向けていた。

奏弾室から工事現場までは未舗装の遊歩道が続いている。元々はこのまま山の頂まで細い道が続いていたのだが、アウトレットモールの工事が始まってからは頂への道は閉ざされている。代わりに工事現場への規制線が張られていた。

しかし、今日はその規制線が外されている。奏弾室がある山の反対側から、工事車両のための広い道が新たに設けられていた。その道を通ってパトカーが来ているらしい。好奇心の赴くままに歩いていくと、やがて開けた場所に出た。

そこには工事関係者の人だかりがあり、その中に見知った顔を見つけた。

「どうしたんですか」

佑介の声に驚いた石坂(いしざか)は、

「松田先生とこの……」

「何か出土したんですか」

「あ、ああ……ちょっと妙な物がでてしまってね」

もう一人が止めようとしたが、いずれわかるから、と話を続けた。

「人の骨が出たんだ」

「人の骨ってまたですか……」

佑介は絶句した。華やかなアウトレットモールの開店を控えて人骨が出たなんて、縁起でもない。

「また？　初めてだよ」

石坂は、佑介を促して現場を離れた。佑介は急に、勝手に入ってきたことを謝った。

「君はいいんだよ」

彼はそういう言い方をした。

「松田先生とこの若い衆だからな」

近くで見てみると、工事はあまり進んでいないように思えた。あまりに荒唐無稽すぎて口にはできないが、時間が行きつ戻りつしているとは言い出せなかった。

「こんなところにいちゃいけない」

石坂は佑介に外に出るよう指示した。いくら自由に出入りできるようになっていたとはいえ、工事現場に立ち入るのが非常識であることに気付いて、焦(あせ)ってきた。

「あの、俺も沙良さんに教わろうと思って」

工事車両用の道を歩いている間、佑介は間がもたなくなってそんな話をした。

「どうして？」

工事現場の敷地に入った時よりも鋭い口調で、彼は訊ねてきた。

「それは……」

佑介は言葉に詰まった。沙良の正体を確かめたいと彼に言うべきか迷っていた。

「どんな曲をやるんだい」

理由を考えつく前に曲のことに話題が移ったので佑介は少しほっとした。

「リストの『ラ・カンパネッラ』をやるんです」

「いい曲をやるじゃないか」

さすがに音楽をやっていただけあって、すぐにわかったようだった。

「かなり難しいんだよな。さすがに松田先生の所で助手をするだけあって、そういう曲にも挑戦できるんだね。昔弾いてたとか？」

「それはよく覚えていないのですが……弾かなくちゃならない気がして」

「その曲」

石坂は何かを思い出したように空を見上げた。

「キースがよく演奏していた」

「鈴木さん、クラシックもやってたんですよね」

彼のバンドの仲間の鈴木はとてつもない技量を持つプレイヤーだった。伝説のプログレキーボーディスト、キース・エマーソンに自分を擬しているほどだった。

沙良が彼の代わりに演奏した。

「キースは『ラ・カンパネッラ』の難しい版を弾けると言っていたことがある」

「それほどのピアニストだったのに、クラシックをやめたんですね」

「キースにとってはプログレが救いだった。どれほどのテクニックを持っていたとしても、やつはクラシックを続けるつもりにはなれなかったそうだ」

「それはなぜかわかりますか？」

佑介はキース・エマーソンを動画では見たことがある。彼に引けを取らないほどの技量を持っているならば、クラシックの世界でも充分にやっていけそうだ。

「元々ロックが好きだったけれど、決定的だったのはあるコンクールで敗北感を抱くほどにすごい奏者がいたそうだ。それが松田先生だったそうだよ」

佑介は思わず足を止めた。

「だから俺たちは、キースが納得いくだけのプレイができるのは彼女しかいないと考えてお願いしたんだ」

「キースさんに会えないでしょうか」

思わずそう口にしていた。その時後ろから彼の仕事仲間で友人でもある松本(まつもと)が追いついてきた。

「キースの話をしていたんだろ？」

聞いていたわけではないのに、言い当てた。

「松田先生とこの彼とお前が長々と話すことなんて他にないからな」

「この子があいつに会いたいんだそうだ」

松本はしばらく言葉を失っていた。

「会わせるのか」

「そろそろいいと、俺は思うんだよな。この子もキースに会う時期が来たということだ」

「そうか……そうだな。もう時が来たということか」

佑介は内心不思議に思いつつ、二人の話を聞いていた。キースの具合が悪いことは、あの演奏の時に窺(うかが)い知れた。

「この子に会うのはあいつにとってもいいことだよ」

　二人が教えてくれたのは、駅の近くにある市立病院だった。この辺りでは一番大きな総合病院で、佑介の両親も最後はここで亡くなっていた。

四

　キースには会いたかったが、市立病院に行くのは気が進まなかった。

　両親が交通事故で命を落とした時にどのような状態であったか、佑介は見ていない。ただ、その病院には無意識に近づかないようにしていた。ただ、その場所に行けば『ラ・カンパネッラ』を完璧に弾きこなせるという人物が入院している。

「奏弾室の方からは遠回りになっちゃったけど、悪く思わないでくれ」

「大丈夫です。こちらこそ現場に入ってしまって」

「いいんだよ。いずれ来ると思っていたから。……キースによろしくな」

　駅に行くにはこちらからの方が近い。昔は山のこちら側に車道はなかった。しかし工事のために二車線の道が新しく造られている。

　夏の日射しがじかに照りつけて髪の毛が熱い。一瞬目がくらんで足を止めてしまっいる。

た。振り向くと、半ば切り取られていたはずの山が、以前のように深い緑に覆われて

蝉の声と子供の笑い声が山の中から一瞬聞こえて、その一瞬の後にはまた削り取られた土の色が目に飛び込んできた。頭を振ってまた歩き出す。住宅地を三十分ほど歩き、駅前の商店街を抜けると総合病院が見えてくる。

五階建てのベージュ色の外壁をした、大きな病院だ。教えられた階に行くと、そこには重症者が入院する病棟があった。家族でもないものが面会できる場所ではない。ただ病院の雰囲気は奇妙なものだった。昼間だというのに、受付にも会計にも人影がない。照明は明るく中は空調も効いているが、総合病院らしき人の気配が全くしないのだ。

訝しく思いつつ奥へ進んでいく。ガラス越しに中を見ると、一つのベッドの上で体を起こしている患者の姿が見えた。長い髪を頭の後ろにまとめ、無精ひげを生やしている面長の男だ。

彼がキースだ。

ナースステーションに声をかけなければと思ったが、そこにも人影はなかった。何かがおかしい。佑介があたりを気にしつつ中に入ると、こちらへ来いと手招きした。

「久しぶりだな」

キースは高い声で佑介を迎えた。待っていたかのような口ぶりだ。長く病と戦っているせいか頬はげっそりとこけているが、瞳には強い光が宿っていた。

「初対面だと思いますよ」

佑介の言葉に、キースは興味深げに片眉を上げた。

「あの、キースさんですよね？」

「ほら、俺のことを覚えているじゃないか」

「奏弾室に来たあなたの友だちが教えてくれました。とてつもないキーボーディストで、みんなが目標にしていたと」

「俺なんか大したことはないよ」

手を振るキースの指は常人離れして長い。

「音楽の世界は広い。天才の中の天才しか、それで飯を食うことなんてできないんだよ。ネットでちょっとした音楽配信サイトを見れば、数百万曲という単位で曲が並んでる。彼らは音楽のエリートばかりだ。俺はそうなろうとしてできなかった」

キースは窓の外を見た。谷津塚山が陽炎の中で揺れている。

「もちろん、曲を多くの人に買ってもらったり聴いてもらうことで飯を食うことだけが音楽の世界じゃない。自分が望むような高みを目指して、ただ一人道を突き詰めるのも悪くない」

「キースさんもそうだったんですよね」

だが彼は苦笑するのみで頷かなかった。

「一応そんな風に格好つけていたけど、本当は喝采を受けたかったし、みんなに最高だって言われたかったさ。音楽には二つの顔があるんだ。自分一人でどこまでも楽しめる顔と、多くの人に称賛してもらわなければならない顔だ。何も音楽に限ったことじゃないかもしれないが、俺はその間で引き裂かれちまったんだよな」

無念そうでありながら、どこか楽しげでもあった。

「それで、一年ぶりに俺に会いに来たのはどういうわけだい？　音楽に負けたやつに何を訊いても答えは出ないぞ」

音楽に負けたという言葉が胸に刺さった。

「キースさんは何も負けてないんじゃないですか」

「今ならそう思えるよ。音楽には勝ちも負けもないんだ。ただ音と曲があって、奏でる人がいて聞く人がいる。それだけのことなんだ」

演奏が勝負だという話は、沙良が以前にしていた。

「もちろん、自分に勝った負けたはあるかもしれない。発表会やライブ会場の雰囲気に負けることや、反対に自分のものにすることもあるだろう。しかし音楽に対しては勝ちも負けもないんだよ。君がどう思ったか、その心の結果があるだけだ」

キースの声は酒とタバコに焼けて、嗄(しゃが)れていた。しかし、得体のしれない強さがあった。重症病棟にいる人とはとても思えなかった。

「佑介、楽譜を持ってきているかい」

急にその声が弱々しくなった。本当は話しているのが不思議なぐらいの状態なのだろう。骨ばって広い肩からは筋肉がすっかり落ちて、薄い板のようになっている。

『ラ・カンパネッラ』の楽譜を見ると、自分の手を太腿(ふともも)の上に置いた。

驚くほどに長い指がやがて動き出す。佑介も手の形には少し自信があったが、これほどまでに長く柔らかい動きをする指を見たのは初めてだった。

その指の動きが常人の域を超えていることは、一目でわかった。リストがパガニーニに憧れて作り上げたその難易度の高い曲を、ただ譜面通りに弾くのではない。自分の足をただタップしているだけだというのに、鐘の音が深く重い悲しみと、石造りの街並みの匂いを伴った残響と共に、心に流れ込んでくる。

そこには濃密な情熱が籠められている。音がわからない佑介には、ピアノの音がないせいで、かえってキースの心が伝わってくるような気がした。

「これ以上は無理だ」

不意に彼は指を止めた。

「気力が保(も)たなくてね。君にはわかるはずだ。俺の音は何が優れていて、何が足りないか」

「足りないものなんて、ないような気がしました」

励ますように佑介は言った。

「そうか……」

疲れが見えるキースに頭を下げて病室を出た。先ほどまで誰もいなかったはずのナースステーションでは多くの看護師が忙しそうに立ち働いている。一人の看護師が佑介を見て首を傾(かし)げた。

「秋葉(あきば)くん？」

自分の名前を呼ばれたことに佑介は驚いたが、よく見ると入院している時に世話になった看護師さんだった。

「今日はどうしたの？」

「ちょっとお見舞いに」

「お見舞いって誰の？」

「キース……鈴木（すずき）さんです」

重症病棟に勝手に入ってしまったことを後ろめたく思いつつ頷く。佑介と話しているのとは別の看護師が、何かを言いかけたが、同僚の一人に止められていた。

佑介と話しているのは彼が世話になっていた看護師さんだけで、他の人はチラチラと横目で見ているだけなのが居心地悪く、話を早々に切り上げて出てきてしまった。病室に入ったことを咎（とが）められなかったのはラッキーだった。

佑介は楽譜を小脇に抱え、病院から駅前へと走った。

五

車内には乗客は誰もおらず、夏の昼下がりの道を谷津塚山へ向かってゆったりと走っていく。駅に向かうバスに乗ったはずが、どうやら間違えてしまったらしい。街中を行くどころか、周囲の景色は緑に覆われてきた。

県道から逸（そ）れて山の中に入ってきた時には、これはまずいぞと立ち上がりかけた。だがその度にバスが大きく揺れて、席から立ち上がることができなかった。

前に来た時は夕刻から夜にかけてだった。

道の奥にはほぼ無人になった集落があって、そこには老婦人、櫟本小百合が一人住んでいた。彼女は大切な人とオカリナの合奏をしたいと願っていて、その家には手入れもされなくなって久しいピアノが一台あった。

次の停留所を案内するはずのアナウンスもない。

日がわずかに翳り始めて、木々の間からの日射しが柔らかさを帯び始めている。かつて水田であった場所が背の高い雑草を茂らせ、風景を荒涼としたものへと変えている。

バスは村の中に入っていく。

佑介を降ろしたバスが去ると、周囲の山肌から蟬の声が一斉にのしかかってきた。

その音に押されるように彼は歩き出す。

言葉にすると奇妙なことなのに、ごく自然にその現象を受け入れていた。

しばらくすると、夕暮までまだ時間もあるというのに、山の奥からは蜩の悲しげな鳴き声が響いてきた。それが徐々に山裾に下りて村を包む辺りまで、佑介はじっと立ち尽くしていた。

村の入口から動けなかったのは、眼前の景色が蜩の鳴き声が降ってくるにつれて刻々と変わっていったからである。

　風が山から吹き下ろして蜩の声が全身を包んでいく。騒がしいほどの音の重なりが覆いかぶさってくる。いくつもの金管楽器をデタラメに吹き鳴らしたような音が不意にやんで、一つの音に収斂（しゅうれん）していった。

　それはオカリナの音だった。優しく寂しく、そして温かい。彼女は大切な誰かのために、その曲を練習していた。本来は南米の民族楽器ケーナで奏でられるものであったが、オカリナでも定番曲となっている。

　この集落に残っている櫟本小百合がオカリナを奏でると、過去そこに暮らしていた人々が、まるで今生きているかのように姿を現した。

　南米の風土と旋律に着想を得て作曲された曲は、その魂を世界に伝えることになった音の源は集落の奥から聞こえてくる。さっき来た時は人の気配がなかったのに、今は濃密な生き生きとした気配に満ちている。

　その気配は子供たちによるものだった。半ズボンにTシャツ姿の子が多い。佑介が子供の頃に見ていた特撮ヒーローの顔が、大きくプリントされたものを身に着けている子もいる。その頃、まだこの集落には人が住んでいたのだ。

　オカリナの音はいつしか消えて、ピアノの音が流れ始めた。ひなびた景色に、澄んだ鍵盤の音が心地よく響いている。ピアノの音には不思議な印象があった。美しく正しく弾かれているように思われるのに、何の感情も感じられない。

そのようなピアノに聴き覚えがあった。奏弾室の主(あるじ)はとてつもない技術を持っている。ピアノに限らず楽器はテクニカルのレベルには限りがない。

一口にピアノの技術といっても様々な種類がある。速く弾くことはもちろん、その人の技量を表す一つの指標になる。だがそれが全てではない。曲の表情や色合いといったものを表現できなければ、本当のプレイヤーとはいえない。

佑介にはとうとうそれができなかった。そうせよと言われるほど、曲に籠められた魂や感情というものが、頭の中でふわふわと曖昧なものになっていき、単なる音の羅列にしか感じられなくなる。

だがその一方で、自分以外の誰かが演奏している曲の感情は、素直に頭の中に入ってくる。そしてやはり、今聞こえている演奏からは何の感情も伝わってこない。

音に惹きつけられるわけではなく、何も感じ取れない、しかし美しい音の理由を探りたくなって近づいていった。

どの家からピアノの音がしているかは、前に来たこともあって予想がついていた。

子供たちは釣り竿(ざお)や虫捕り網を持ち、いかにも夏休みの田舎に帰って遊んでいるといった風情だ。

ピアノの音はずっと続いているわけではなかった。時に途切れて間が空くことがある。近づいていくと、そのピアノの音の切れ間には、誰かが何かを話しているようだった。争っているような声にも聞こえて、佑介は中をそっと覗き込んだ。

長い髪を青いリボンで結んだ少女がピアノに対している。その傍らには一人の女性が立ち、少女を見下ろしている。オカリナを吹いているときの穏やかな表情ではなく、刺々しい視線と口ぶりで少女を責め立てている。少女も言い返すが、結局諦めたように鍵盤に向かう。

その指の運びは柔らかく速く、すさまじい修練と天分に恵まれていることが見て取れた。その音に心がないのは彼女に技量が足りないからではない。圧倒的なテクニックで感情を自ら排しているのだ。

佑介は彼女が奏でている曲がなんであるかに気づいて愕然とした。それは『ラ・カンパネッラ』であった。難度の高い曲を叩きつけるように猛烈な速度で弾いている。だが、その音は徐々に狂い始め、ただ鍵盤を殴りつけているような乱暴なものになった。

やがて彼女は正気を失ったように両手を振り上げ、鍵盤に打ち付ける。楽器を奏でるものとしてあるまじき行いだ。だが、彼女はどうしようもなく苛立っていた。かけられる期待の高さが、求められる技量と表現力が彼女を苦しめている。

　求める方はそれが彼女を成長させるとおもっている。実際そうなのかもしれないし、乗り越えた先には栄光が待っているのかもしれない。実際多くの演奏家はそうやって腕を磨いてきた。だが光を放つスタープレイヤーの陰で、無数の子供たちが音楽を捨ててきた。

　何のために奏でるのか見失った先に、楽しさも喜びもない。少女は鍵盤に突っ伏し動かなくなった。蜩の声が騒がしくなる。彼女の演奏の間は鳴りを潜めていたのに、夕刻の影が濃い山の気配で押しつぶすかのように勢いを増している。

　その時、少女がはっと顔を上げた。ピアノは中庭に面した洋室に置かれている。その庭に一人の少年が立っている。小柄で日に焼けていて、低学年程のようだ。その横顔を見て佑介は動けなくなった。幼いが、さすがに自分の顔を忘れるわけもない。幼い頃の佑介自身がそこに立って、ピアノを弾いている少女を見上げていた。

「どうして弾かないの？」

　幼い佑介は無邪気に訊ねていた。

「……弾きたくないから」

ハスキーな声にも聞き覚えがあった。やはりこの少女は沙良だ。だが、髪は長く、何より気配が違いすぎる。それほど暗く重い雰囲気を伴っていたので、はじめ沙良とはわからなかったほどだ。

「ここに来てはいけないって、言われなかった？」

「言われたかも。ピアノの音がする家には怖い人がいるから、行っちゃだめだよって」

自分は幼い頃に、夏休みの間何度もここに来て、沙良の演奏を耳にしていたということ？　訳がわからなくなるにつれて、蜩の声が大きくなっていく。いや、記憶の海に沈めてはいけない。この先を自分は見届けなければならない。

「怖い人、いるよ」

すっと立ち上がった彼女は庭に降りてきた。幼い佑介の表情は戸惑いに強張（こわば）った。

「入ってはいけない、近づいてはならない場所にはそれなりの理由があるの」

沙良の横顔には狂気があった。

「悪いことをすれば罰を受ける」

沙良はまるで、幽霊のように両手を前に出しゆっくりと幼い佑介に近づいた。その気配はただならぬものがあって、佑介は思わず過去の自分に逃げろと声をかけていた。

だが幼い自分は近づいてきた沙良を見上げ、

「僕、あなたの演奏が好きです」

そう言った。沙良の動きがピタリと止まった。

「……どうしてそんなふうに思ったの？」

「お姉さんの演奏は……楽しいんです」

「楽しい？」

沙良はのどを反らせて笑った。

「私はピアノを弾くことが少しも楽しくない」

「でも僕は楽しいです」

沙良は佑介に向かって、あなたは何か楽器を弾くのと訊ねた。

「僕もピアノを習っています」

「ふうん。ちょっと弾いてみてくれない」

沙良の口調には冷たさがあった。その冷たさの正体を現すように、彼女の横顔には悪意が浮かび上がっていた。これは彼女の顔ではない。佑介の太ももの辺りから寒気が湧き上がってきて、全身に鳥肌が立つ。

幼い佑介は促されるままにピアノの前に座り、ある曲を弾き始めた。まだ小学生ぐらいだというのに随分と難しい曲を弾く。それは『ラ・カンパネッラ』の導入部分だった。

ずっと頭の中にかかっていた靄が、少しずつ晴れてきた。もちろん、上手に弾けるわけではない。いくつかある『ラ・カンパネッラ』のバージョンの中でも、最も易しいものだ。弾き終わった佑介の耳元で、沙良が何かを囁いた。

立ち上がった幼い自分が、表情を強張らせて後ずさりしているのが見えた。そして背中を向けると、何か恐ろしいものから逃れるかのように庭から走り去った。それを見送った沙良の横顔からは冷たい悪意が消え、そして膝をついて顔を手で覆った。

六

気付くと、佑介は奏弾室の前で座っていた。

目の前に沙良がいて、アイスコーヒーのグラスを前に置いてくれるところだった。

「バイト先で雇い主の前でうたた寝をするなんて、結構なご身分ね」

明るい日射しは大きなパラソルに遮られて柔らかい光へと変わっている。目の前には見慣れた沙良の姿があって、その背後には古い洋館がそびえている。彼女の顔にはさきほど見たような悪意や冷たさはなく、背後の洋館にも恐ろしさや寂しさといったものは感じられない。

「白昼夢を見ていたんです」

思わず話してしまっていた。

「どんな夢を見たの？」

沙良はゆったりとした口調で訊ねた。

それは不思議な夢だった。ここに来るようになって出会った人たちが次々に現れるのだ。佑介に関わることも、沙良に関わることも話してくれた。

「それで佑介くんはどう思ったの？」

「沙良さんにただ教わるだけじゃなくて……」

あれだけ怖くて目を背けていたピアノを通じて、沙良に近付きたいと思っていた。だがそれだけではない。奏弾室を訪れた人たちの音を通じて感じた何かが、心の中にたまって熱を帯びつつあった。

「みんなに聴いてもらいたいんです」

「……随分と変わったね」

沙良はアイスコーヒーを口に含み、立ち上がった。

「いいよ」

大きく伸びをして、今まで見せたことのない笑顔になった。

「早速始めようか」

鍵盤の前に座ると、その傍らに沙良が立っている。古い譜面を広げると、記憶が甦ってきた。指先が旋律を奏で始める。かつて、この白と黒の世界に全てを注ぎ込んだ。

そして、積み上げたものを捨てて背を向けた。

もう向き合うことがないと思っていたが、最後にもう一度弾くことを楽しいと思えるようになるのかもしれない。

最後に？

佑介は思わず手を止めた。だがまた弾き始めた。

朝が来て蜩が鳴き、油蟬の声が降り注いで、そして秋の虫が羽を震わせた。

いつ食事をとり、シャワーを浴び、そして眠ったのか。記憶が全然残っていない。

ただ、憧れの人と共に同じ空間で同じ曲に向き合うことが、喜びをもたらしてくれた。

何度目の朝が来ただろうか。

もう日付の感覚も時間の感覚もない。佑介はただ、ピアノの前で指を走らせ、体を揺らしながら『ラ・カンパネッラ』の譜面に挑んでいた。なぜここに自分がいるかも、どうして沙良が自分にピアノを教えているのかも、徐々に理解しつつあった。

かつて自分がピアノを習っていたのは事実だ。谷津塚駅近くにあった、初老の女性が営むピアノ教室に佑介は通っていた。

彼女はもともと、東京ではそれなりに名の売れたピアニストで、何枚かCDを出したこともあるアンサンブルの一員として活動していた。

だがキースも言っていたように、超人のようなテクニックを持っていたとしても、職業として音楽一本で食べていける人はごくわずかだ。彼女もその例に漏れず、夢破れて故郷に帰ってきた。

ピアノ教室を営んではいたが、音楽家としての諦めきれなさが棘となって生徒たちに愛されなかった。結婚をしていたこともあったが、結局は別れて女手ひとつで沙良を育てることになった。

そんな母に教えられて技術的には大いに上達したが、母と娘の心は遠く離れてしまったし、娘ももはや表舞台でピアノを弾こうという心を失っていた。

沙良とのレッスンの合間に交わされる会話は、二人のたどった鍵盤上の歴史でもあった。いかにして学び、奏で、そして離れていったかの記憶だ。

カレンダーを見ると、送り盆の日になっていた。

「沙良さん、少し散歩に出ませんか」

鍵盤の蓋を閉めた佑介は誘った。

沙良も頷いて額の汗を拭った。洋館を出て振り向くと、建物は朝日を浴びている。古びて今にも朽ちそうな建物だけど、心から美しいと佑介は思った。

街と奏弾室の間には、墓地がある。その中にはどうしても入っていけなかった。誰かが線香を手向けていったのか、香の匂いが辺りに漂っている。

お盆のせいもあってか、その香りが濃い。墓地に近づくにつれて、その香りは煙を伴ってさらに濃くなっていった。

それはやがて霧のようになって山肌を覆っていく。だが、怖くはなかった。沙良と手を繋ぎあっていたからだ。

「この先へ進めば、あなたの夏休みは終わるよ」

沙良は小さな声で言った。

「私たちは狭間にいる。旋律と雑音。過去と未来。悦楽と苦悩。そして生と死……」

「それでもいいんです」

佑介はどこか清々しい気分で言った。

「夏休みはいつか終わるんです」

「無理に終わらせる必要はないのかもしれない」

沙良の声は甘く優しかった。

「夏休みを終わらせるために、僕を奏弾室に招いて色々教えてくれたんじゃないんですか」

「私は何も教えていないよ。ただ、思い出す手助けをしただけ」

「導くことも教えることの一つですよ」

「私は……昔かけてしまった呪(のろ)いを解きたかった。佑介くんが重い病に倒れて、楽譜だけを持って病院から失踪したと聞いた時に……」

沙良が言いかけた言葉を、佑介は握る手に少し力を入れることで止めた。

蒸し暑い夏の夜風はこの上なく真実に感じられる。自分は今、この世にまだ存在できている。でもそれは、決して長く続けてよいことではない。

「沙良さんにはどうして、こんな不思議な力があるんですか」

「私には不思議な力なんてないよ。もし不思議な力があるとしたら、あなたが招き寄せたのかもしれない。あなたがいることで、誰かとの約束や、やり残したことを思い出せたの」

「そして同じような『狭間』にいる人が集まってきた、と……」

「私も、あなたに出会った時に初めて、音を通じてやるべきことを理解したんだろうね」

山麓(さんろく)には谷津塚の街が広がっている。そして振り返ると、街をずっと見守ってきた山が、濃い緑に覆われて鎮まっていた。

「明日の夜みんなに集まってもらいたいんです」

「お願いしておくね」

沙良は黙って頷いた。

七

家に帰ると、姉の由乃は居間でぽつんと座っていた。

「姉さん……」

「佑介、いい顔してるね」

答えられずに黙っていると、

「悲しいなぁ」

由乃は寂しげな微笑(ほほえ)みを浮かべた。

「私はこの日々がずっと続いてもいいと思っていた。あなたがいて私がいて、ずっと終わらない夏休みが続いて行く。何かがおかしいのかもしれないけど、ひとりぼっちになるよりはいい」

「姉さんはひとりぼっちじゃないよ。大切にしてくれる人がいる」

由乃ははっと顔をあげた。

「あの人は佑介の姿を見ても、怖がったり驚いたりしなかった。そして、心ゆくまで弟と一緒にいてあげなさい。そう言ってくれたの」

すごい勇気だと佑介は感心した。どんなときも、どんなときも、きっと彼女は姉のことを大切にしてくれるだろう。

「明日、奏弾室でみんなに曲を弾こうと思うんだ」

「沙良さんと練習しているんだね。ここ数日帰ってこないから、ちょっと寂しかったよ」

「姉さん、僕はどうしてここに帰ってきたの？」

由乃は佑介の前に冷えた麦茶を置き、向かいに座った。

「あなたは体を悪くして、駅近くの市立病院に入院した。そこには同じように入院している症状の重い人たちがいてね。不思議なことに音楽に関わったことのある人が多かった。彼らと接することで、あなたの中には、忘れていたはずの音楽への思いが、また湧き上がっていた」

「そうだったんだ……」

「治ったらもう一度弾いてみようかなと言ってたよ」

どうして病室に迷いなく行けたのか。奏弾室に関わる人が、皆初対面の感じがしなかったのはなぜなのか。それはかつて同じ部屋で、病と戦ったり看護してもらったり、苦しい中でも音楽の話をして気持ちを紛らわせてくれた仲間だったからだ。

「幼い頃、ピアノのレッスンをさぼって川で遊んだり、山で虫を取ったりしたよね」

山とはもちろん、谷津塚山のことだ。由乃は懐かしそうに言った。

「叔父さんの所にも行ってたんだよね？」

「夏休みは山道をたどって行ってたよ。あの村には私たちがピアノを習っていた先生がお住まいだったことは知ってた。でも、ピアノを弾くお姉さんが沙良さんだったことは、あなたが奏弾室に関わるようになってから知ったの」

でも、と由乃は表情を曇らせた。

「ある夏休み、佑介はあの村から帰ってきてからピアノの音が変わってしまった……」

正確だけど乾いて、冷たく感じられるような、人を腹立たしく思わせてしまうような音に変わってしまったの。

「佑介はずっとピアノの話をしなくなっていたけど、あなたが山の中で見つかった時は、『ラ・カンパネッラ』の楽譜を抱くようにして眠っていた」

「それは……」

「もう一年も前の話」

佑介はずっしりと肩が重くなったような気がした。

「幽霊の正体を探ろうとしていたのにな。沙良さんと一緒に練習していてわかったよ。死んでいるのは僕だ」

佑介はうなだれた。でも、と顔を上げる。

「またこの家に戻ってきて、奏弾室に関われてよかった。音楽のことは本当に嫌いになってた。沙良さんは僕に呪いをかけたように思っているかもしれないけどそうじゃない」

今ならはっきりとわかる。

その時から、佑介は沙良の奏でる音色に魅了されていたのだ。

「沙良さんの演奏を聴いた時、心が、感情がないと思えるほど透明だったんだ。僕はその音色を自分のものにしたいと願った」

だから、佑介の音も変わった。それを非難されることが腹立たしくて、やがてピアノから離れたのだ。

「姉さん、明日の演奏会を聞きに来てくれるかな」

「もちろん行くよ」

姉の声は震えていた。

「佑介、お父さんとお母さんが亡くなった時のこと覚えている？」

あの日はただ震えていた。怖くて怖くて仕方がなかった。由乃はそんな佑介を抱きしめて、一晩を過ごしてくれた。姉自身も悲しくて辛くてたまらなかったはずなのに。そういう人の弟に生まれて幸せだった。

姉に近づき、その細い肩を抱きしめた。ただ一つ慰めになるのは、彼女を誰よりも大切に思っている人がいることだ。そして、この奏弾室で知り合えた人たちも、誰もが大切な人を心の中に抱いていた。

その人たちが奏で出すものは、技術の巧拙（こうせつ）からくるものではない。誰かのために、自分のために懸命に奏でるからこそ表現できるものなのだ。

由乃と話をしているうちに、夏の朝が明ける。夏休みの最後の日はいつだって切ない。でも、切ないだけじゃない。

何故人は、人に向けて奏でるのか。自分の努力を誇りたいからだろうか。そうじゃない。ただ奏でるという楽しさを、その曲に籠められた作曲者の心をトレースすることによって、聴衆と分かち合いたいんだ。

奏弾室で、ずっと目指していた演奏ができたらいい。佑介はただそう願っていた。

八

緑に包まれた山は、幼い頃に全てを包みこんでくれたままの姿だった。谷津塚山の麓まで、姉と並んで歩く。

「小学生の頃」

由乃がそう言うだけで、佑介の脳裏には当時の記憶が甦ってきた。

「あの山で遊ぶのが、というかあの山があることで心強かったよね」

少しずつ近づいてくる山容は、アウトレットモールを建設するために大きく削られているはずだった。だが、かつてのように、穏やかな稜線を濃い緑で彩ってそこに鎮まっている。墓地の横を通ると、数人の人影があった。佑介の姿を見て手を振ってきたのは、若い女性だった。

「お父さん、佑介くんが来たよ」

呼ばれてこちらを向いたのは、奏弾室に来てから初めての生徒さんだった益田さんだ。益田さんは娘の呼ぶ声に笑顔で答え、佑介に向かって頷いた。少し離れたところには、葦原さんが立っている。由乃と穏やかな視線を交わして微笑んだ。

墓地の奥の方から、若い男が三人賑やかに笑い合いながら出てきた。

「キースのやつ、佑介くんの演奏が聴きたいって出てきやがった」


石坂と松本も建設会社の仕事着やスーツではなく、大学生のようなTシャツ姿だ。由乃に促されて、佑介は坂道を登った。

深い木立の先に、いつもの洋館が見えてくる。今にも朽ち果てそうな古い建物だが、今日はやけに美しく見えた。玄関先には青いロングドレス姿の沙良が、わずかに腰をかがめて佑介を迎えた。

「後ろを見て」

振り向いて、佑介は目を瞠（みは）った。そこには多くの人が列をなして谷津塚山へ向かっているのが見えた。

洋館の玄関が開け放たれ、ホールにはスタインウェイの立派なグランドピアノが黒い輝きを放っている。佑介は静かにその前に座り、古い楽譜を置いた。傍らには沙良が立っている。

聴衆の気配がするが、そちらは見ない。彼らのために弾くのでも、自分のために弾くのでもない。音でしか伝えられない想いを共にするために、奏でるのだ。

「曲は『パガニーニによる大練習曲』の第三番嬰ト短調、『ラ・カンパネッラ』です」

沙良が紹介すると、さざ波のような拍手が起こった。蜩の声と合わせて、不思議な調和を見せて辺りを包む。音に満ちているのに、静かだった。

鍵盤に向かい、指を置く。微かに震えを感じて沙良を見上げると、じっと譜面を見たまま佑介を見ることはない。

「譜めくりをしていた時のこと、忘れないで」

ただそう言った。独奏曲は孤独だ。奏者は時に緊張と恐怖に襲われる。だが、決して一人ではないのだ。この舞台に至るまでに積み上げた練習と人生全てが示される。勝ち負けではない。ただ共に分け合うのだ。

やがて小さな鐘が鳴る。

風に乗って聞こえてくる教会の鐘の音は、石造りの欧州の街並みの中をこだまのように響いたことだろう。悲し気な音は、死や滅びを連想させる。

やがて、曲調は絶対の平穏へと聴く者を誘うと見せかけて、躍り上がるような躍動を見せて終末へと向かう。

音色を伴った風が吹いている。生命は終わる。肉体は滅ぶ。でも音は残る。そして、心も残る。自分の音が生み出した想いを、谷津塚山の緑に似た風が包んでくれていた。

弾き終えた佑介は、しばらくじっと項垂れていた。

心のない演奏だったのかはわからない。ただ何も考えず、沙良が示してくれる譜面を道しるべに指先と心を走らせた。

益田さんの娘と同じ病にかかり、キースと同じ病棟にいた。谷津塚山で生と死の狭間に落ちた佑介は沙良と出会い、一番の心残りである音にこうして向き合っている。カンパネラ、小さな鐘の音が聞こえる。それは最早雑音ではなく、彼の求め愛した旋律を伴っていた。

嫺の声が再び押し寄せてくる。だが、その音をかき消すように、拍手が鳴り響いた。

それは称賛と共感の手拍子へと変わっていった。

「沙良さん、やっぱり音楽はいい。ピアノはいいですね」

佑介はいつしか、沙良に抱きしめられていた。

「僕はずっとここにいます。だからまた、ここで奏弾室を開いて下さいよ」

「約束するよ」

抱きしめられている温かさと、拍手の心地よさだけが感覚の中に残り、やがて消えていく。清らかな鐘の音が鳴る方に、佑介の心は溶けていった。

解　説

メトロ書店　代表取締役社長　川崎綾子

仁木英之（にきひでゆき）は人情の人である。お会いするたびに、作品を読むたびに、つくづくそう思います。

初めてお会いしたのは二〇一〇年、「くるすの残光　天草忍法帖」の取材の途中で、長崎のメトロ書店にお立ち寄り頂いた時でした。

それまで「僕僕先生」や「千里伝」を読んでは胸をときめかせたり、涙を流したりしていた私はリアル仁木英之にお会いするのをとても楽しみにしていました。

仁木英之先生は、大阪生まれ、信州大学人文学部入学後、北京（ペキン）に留学、2年間を海外で過ごす。もうその経歴だけで一体どんな人生を歩み、どんな出来事が執筆活動に影響を与えてきたのだろう？　とわくわくします。

その仁木先生がいざ、メトロ書店へご来店された時……「坊主頭に筋肉質な体つき。思わず「（ドラゴンボールの）クリリンが来た！」とつぶやいてしまうほどの見た目のかわいらしさ。それでいて、格闘技の達人であるのだからもう胸キュンです！　しかし何と言っても印象的なのは仁木先生の「目」でした。大きな澄んだ瞳でじっとこちらを見つめられると何もかも見透かされているようで、ドギマギしてしまいます。おまけに、柔(やわ)らかな奈良弁で「長崎ってほんまにええとこですね」とゆっくり話される様子は「仁木先生、どこまでもついていきます！」と言いたくなってしまうほど。しかも、仁木先生は私生活では良いお父さんなのです。かわいい娘さんや息子さんと共に海や山野に出かけたり、息子さんのお友達のためにプリンを作ったり（！）。

　二度目にお会いしたのは、二〇一七年「千夜と一夜の物語」のサイン会を長崎のメトロ書店で開催したときでした。弊社が一九九四年の四月から毎月発行しているガリ版刷りの書店新聞「メトロニュース」（発行部数一万部、読者からの投稿コーナーもあり）をご覧になって、「川崎さん、この新聞は読書家さんのための楽しい取り組みですね。良ければ私が毎月コラムを書きましょうか？」とおっしゃって下さった。コラム名は「次に来るのはこの一冊」。

　このコラムは文学賞を獲(と)ったり、大ベストセラーにまだなってはいないけれど、キラリと光る名作に仁木先生がスポットライトを当てて紹介される、というものです。ちょうどデビュー十周年を迎えられた仁木先生が「自分がここまで来られたのは先輩作家さんたちのおかげ。自分もそのように新人作家さんたちをかげながら応援したい」とスタートされました。

この愛称「ツギクル本」コーナーは二〇一七年十二月号から二〇二〇年十二月号まで延べ三年間三十六回にわたってメトロニュースに連載されました。紹介された本は全部で三十六冊。中には「天地に燦たり」（川越宗一／著）「宝島」（真藤順丈／著）「ギリギリ」（原田ひ香／著）のように、このコーナーで紹介された作家さんがのちに直木賞を受賞されたり、ベストセラーを出したりと、まさに「次に来た一冊」だったのです。そのジャンルの幅広さは書店人である私も唸るほどで、それぞれの解説に仁木先生の愛情が込められています（詳しくはメトロ書店のホームページのメトロニュースバックナンバーページをご覧ください）。

さて、そんな人情味あふれる仁木英之先生ですが、二〇一八年に刊行された、この「奏弾室」はそれまでの作品とは一風異なります。ピアノと音楽がテーマのミステリー仕立てのファンタジー小説なのです。主人公は音の良し悪しがわからなくなってしまい、大学にも通えなくなってしまった青年・佑介。しかしある日、ピアノの音に誘われて美しい女性に出会います。

えっ音楽の話!? 仁木英之は格闘技と歴史だけでなく、音楽にも詳しいの？ すごい！　と思いながら裏表紙の帯を見てみると、人の記憶に刻み込まれた古今東西の名曲七つが挙げられ、それぞれの曲にまつわるストーリーで構成されているのがわかります。

また本書（単行本）を一目見て思わず「わぁ」と声をあげてしまったのはその装丁のかわいらしさでした。白とピンクを基調とした色使いにあちこちに音符のマークや音楽用語が飛んでいて、「奏弾室」の「奏」の文字も五線譜になっています。おまけに帯と見返しはピアノの鍵盤の模様です。どんなお話なのだろう？　とカバーを外してみると、本体の表紙には金色でとある楽譜が印刷されています。頭の中で音符をたどると一つの有名な曲が聞こえてきました。ヨハン・セバスティアン・バッハの「主よ、人の望みの喜びよ」。

そして第一話「主よ、人の望みの喜びよ」が始まる仕掛けになっています（なんて粋なはからいでしょう！）。

本作の舞台は東京郊外のベッドタウン・谷津塚です。その一角にある霊園に足を踏み入れると、ピアノの音色が聴こえる人にだけは聴こえてきます。「呼ばれたような気がした」と主人公の佑介はその音色に誘われて墓場の向こうの古い洋館にたどり着きます。それが「奏弾室」なのです。奏弾室の主は松田沙良という謎の美女。ちょっとかすれたハスキーボイスが艶っぽい女性です。

「私のピアノはちょっと不思議なの。どれだけ遠くに離れていても、必要としている人の耳に届く。でも、必要としていない人には届かない。蝉の声や風の音と共に、空へと消えていく……。あなたが来たことには意味がある。」と沙良は言います。

　この奏弾室で佑介は沙良のアシスタントのアルバイトをすることになり、沙良の元に通う生徒の演奏を聴いたり、本番に立ち会って楽譜めくりをしたりします。しかし、そうしているうちに佑介はふと気づくのです。

「ここを訪れる人たちは皆、何かを抱えていた。先に世を去った娘、友情とも愛情ともいえる強い絆で結ばれていながら今は別々の場所にいる二人、そして、一人欠けてしまったプログレのバンド仲間……。大切な何かが欠けてしまった人たちなのだ。じゃあ、自分は？」

　何しろ舞台は霊園なのです。この人物の伏線は……と読んでいる間中、背筋がぞくりとしてきます。そんな奏弾室の生徒たちと交流しながら、佑介は自分の「音がわからなくなってしまった」という過去と少しずつ向き合っていきます。

　歳を重ねれば重ねるほど、誰でも人生の中で何かの壁にぶつかった経験はあると思います。いざピアノのまえに座った時、何を弾けば良いのかわからなくなった人、心が通じ合っていると思っていた家族と離れ離れになってしまった人。そんな時に、奏弾室のピアノは固くなった心をほぐしてくれます。「遠くの人を想い、その人の面影を近くに呼び起こすのも、音楽の力ですよ」と語る沙良の言葉に仁木英之の人情深さを強く感じるのです。

それにしても本書に描かれる七つの曲はそれぞれバラエティに富んでいて一話ごとに心を動かされてしまいます。先に述べた「主よ、人の望みの喜びよ」やラフマニノフの「六つの小品」などのクラシックだけかと思っていたら、マッキーこと槙原敬之（まきはらのりゆき）の「どんなときも。」や、プログレッシブロックの「ホーダウン」も入っています。仁木英之はどれだけ守備範囲の広いな人なんだと感心することしきりです。七つの曲を実際に聴きながら本書を読んでみると登場人物たちが生き生きとしてきて面白いのでぜひおすすめです。

余談ですが、佑介が沙良の汗ばんだうなじやショートパンツからすらりと伸びた生足にドキッとする場面があります。そしてそのたびに「何をよこしまなことを考えている、少年？」と沙良にからかわれます。それはまるで、王弁（おうべん）が想いを寄せる僕僕（ぼくぼく）先生にからかわれているのを見ているかのようで、「はぁ、そうか。仁木英之は年上のツンデレの女性が好みなのだな」と読者は気づくはずです。
老若男女(ろうにゃくなんにょ)、あらゆる方にプレゼントするのにもおすすめの本です。

二〇二二年一月

この作品は2018年3月徳間書店より刊行されたものに、加筆修正をいたしました。なお、本作品はフィクションであり実在の個人・団体などとは一切関係がありません。

徳間文庫

奏弾室（そうだんしつ）

2022年4月15日 初刷

著者 仁木英之（にきひでゆき）

発行者 小宮英行

発行所 株式会社徳間書店

目黒セントラルスクエア
東京都品川区上大崎三－一－一 〒141－8202

電話 編集〇三（五四〇三）四三四九
販売〇四九（二九三）五五二一

振替 〇〇一四〇－〇－四四三九二

印刷 大日本印刷株式会社
製本

ISBN978-4-19-894735-4 （乱丁、落丁本はお取りかえいたします）